Monika Rapka

Eine Zeit vorher und die Zeit heute

AF191351

Monika Rapka

Eine Zeit vorher und die Zeit heute

Erzählungen

Bibliografische Information der Deutschen Nationalbibliothek:
Die Deutsche Nationalbibliothek verzeichnet diese Publikation
in der Deutschen Nationalbibliografie; detaillierte bibliografische
Daten sind im Internet über *http://dnb.dnb.de* abrufbar.

© 2024 Monika Rapka, Stuttgart

Lektorat: Caroline Baumer, Freiburg

Cover: Bild © andreusK, istockphoto

Buchsatz: Babette Fritzsching, Filderstadt
gesetzt aus der EB Garamond, Nunito Sans, Playwrite
erstellt mit *SPBuchsatz*

Verlag: BoD · Books on Demand GmbH, In de Tarpen 42,
22848 Norderstedt, bod@bod.de

Druck: Libri Plureos GmbH, Friedensallee 273, 22763 Hamburg

ISBN: 978-3-7693-3893-5

Inhaltsverzeichnis

Die geneigten LeserInnen sollten die Erzählungen in der angegebenen Reihenfolge lesen.

Gegen die Zeit

China

Herr Ma, ein drahtiger Mann von Anfang 40, schloss seine Ladentüre von innen ab. Seine letzte Kundin, Frau Zhang war eben gegangen. Frau Zhang aus seinem Viertel, die sich einen schlimmen Husten eingefangen hatte. Frau Zhang, die in einem staatlichen Institut arbeitete und schon seit Wochen ihre Einkäufe bei ihm bleich und abgehetzt in letzter Minute erledigte.

Er stellte das Radio ab, jetzt war nur noch das Brummen der Kühlung und Geräusche von der Straße zu hören. Er musste pünktlich schließen und packte eilig seinen Rucksack. Schließlich fand heute das Neujahrsfest im Haus der Partei statt. Im Rucksack raschelte das Packpapier des kleinen Päckchens. Herr Ma hatte, wie in jedem Jahr, ein Geschenk für den Vorsitzenden des Komitees im Laden am Ende der Pudong Road gekauft. Es war in rotes Geschenkpapier verpackt, doch hatte er es nochmals sorgfältig mit Packpapier umwickelt, damit es nicht den Fischgeruch seines Ladens annahm. Solche Kleinigkeiten fielen dem Festkomitee auf und wurden durchaus vermerkt.

Herr Ma schaltete das Licht aus, ging durch die Seitentür hinaus und ließ das Gitter herunter. Er setzte den Rucksack mit dem Geschenk darin auf und schwang sich auf sein Fahrrad. Die Welt schwankte. Er fühlte sich plötzlich so schwach und fiebrig, dass er am liebsten direkt in seine Wohnung gefahren wäre, aber eine Absage war unmöglich. Mit kalten Fingern wischte er sich eine Strähne aus dem Gesicht und radelte in Richtung Haus der Partei. Als er durch die Stadt fuhr, hustete er, da ihn die Abgase der vielen Autos reizten. Herr Ma konnte sich kein Auto leisten. Die Digitaluhr neben einer großen Leuchtreklame zeigte zwanzig vor acht, und er keuchte, während er ordentlich in die Pedale trat.

Deutschland

Zur selben Zeit sitzen ein Mann und eine Frau auf einem blauen Sofa. Sie sitzen beieinander, er hat seine Hand auf ihren Oberschenkel gelegt. Sie schauen aus weiten Fenstern ihrer Maisonettewohnung in den rosa Abendhimmel, trinken Tee und amüsieren sich über den Nachbarn gegenüber, der mitten im Winter einen Hawaii-Sonnenschirm aufgestellt hat, um sich und seinen Whirlpool vor neugierigen Blicken zu schützen. Der Winterwind hat den Schirm diese Woche schon einige Male von der Dachterrasse in den Garten hinunter geweht, doch der Mann im Nachbarhaus gibt nicht auf. Immer wieder stellt er ihn auf, mal in knapper Badehose oder dick verpackt mit Schal und Mütze.

Die beiden sitzen an diesem Abend auf ihrem Sofa, lachen und schließen Wetten ab, wie lange der Schirm diesmal stehen bleibt. Schließlich wenden sie sich von Abendwolken und Nachbarn in Badehose ab und schalten den Fernseher ein. Da kommen Nachrichten, die nicht viel Neues bringen, am Rande eine kurze Meldung aus China, die im Alltagsrauschen untergeht. Sie erzählen von ihrem Tag, reden über ihre Arbeit, den Schulabschluss des Großen, Vorbereitungen für den Skiurlaub. Am Beginn dieses Jahres gibt es viel zu tun.

China

Frau Zhang ging nicht zur Neujahrsfeier, sie hatte die Erlaubnis erhalten, zur Beerdigung ihrer Mutter zu fahren, und drängte sich in den Zug in die 800 km entfernte Stadt, er war überfüllt. Überall verstopften Koffer und Menschen die Gänge, alle mit dem Ziel, ihre Familien zu Neujahr zu besuchen. Sie fand einen Platz neben einem Paar mit zwei Kindern und den Großeltern. Die Alte jammerte, ihr sei heiß und sie habe Halsschmerzen. Zum Glück war sie kurz darauf eingeschlafen. Zusammengesunken lehnte sie gegen die Schulter ihres Mannes.

Frau Zhang schnäuzte sich verschämt und schloss die Augen. Als der Zug nach einer Stunde hielt, damit Reisende zum Flughafen umsteigen konnten, stand auch die müde aussehende Frau auf der anderen Seite des Ganges auf, zog einen kleinen pinken Koffer und eine Tasche aus der Gepäckablage und bahnte sich ihren Weg zur Tür. Sie hüstelte leise und strich sich eine hellbraune Haarsträhne hinter das Ohr. Der Winter bringt die Erkältungen, dachte Frau Zhang und schloss müde die Augen. Als der Zug anfuhr, war sie eingeschlafen.

Derweil wartete Familie Chen am Flughafen von Bejing auf die Abfertigung der Tochter, die in die USA zurückflog, um ihr Studium fortzuführen. Frau Chen straffte ihre Schultern, als ihr ein Seufzer entweichen wollte. Obwohl sie sich kränklich fühlte, stand sie still und aufrecht neben ihrem Mann. Herr Chen sah nervös in die Menge. An seinem Hals bildeten sich hektische Flecken, während er das richtige Gate zwischen den großen Ausländern zu finden versuchte. Der Bruder in den neuen, amerikanischen Turnschuhen schaute ernst und blieb stumm, niemand wusste, was er dachte. Endlich am richtigen Gate angekommen, umarmte die Mutter ihre Tochter zum Abschied und gab ihr einen schnellen Kuss. Die junge Frau blickte sie erstaunt an, dann verbeugten sich alle voreinander und die Tochter ging davon, hoch erhobenen Kopfes, in Richtung Westen.

Die Familie stand noch lange an der großen Fensterfront, die auf die Rollbahn zeigte und Mutter und Vater winkten, obwohl das unsinnig war. Der ernste Bruder sah auf sein Smartphone, als das Flugzeug abhob. Frau Chen räusperte sich, als sie der Maschine nachblickte. Für sie war der Abschiedsschmerz jedes Mal groß, denn sie wusste nichts mehr vom Leben ihrer Tochter in den USA. Der Tochter, die hoch über den Wolken an Ovi dachte, die sie vom Flughafen abholen würde, die erste Umarmung, den ersten Kuss.

Auf dem Weg zum Parkplatz halfen die Chens noch einem herrischen Ausländer, dem Taschen und Koffer vom Gepäckwagen gefallen waren. Er bedankte sich nicht, hastete weiter, um den Flug nach Rom zu erreichen, wie die Schildchen an seinen Koffern verrieten.

In der Luft

In einer anderen Maschine nach Zürich husteten vereinzelt Fluggäste. Ein älterer Anzugträger mit schütterem Haar und Brille bestellte sich ein letztes chinesisches Bier und ein Mineralwasser. Den Stress herunterspülen, der sich jedes Mal in ihm festkrallen wollte, wenn er für das deutsch-chinesische Joint Venture eine neue Fabrik begutachten musste. Ein kurzes

Nicken, dann konnte er die kühle Flasche an die Stirn halten. Zurück in die Heimat, endlich. Die Stewardess mit dem unnatürlichen Lächeln hatte Schweißperlen auf der Stirn, als sie den Wagen weiterschob. Als seine Brille verrutschte, schien er es nicht zu bemerken. Auf den Bildschirmen zeigten sie einen Katastrophenfilm, in dem die Welt unterging. Er war nicht interessiert.

Deutschland

In München landete zur gleichen Zeit eine Maschine aus Bejing. Eine junge Geschäftsfrau mit hellbraunem Haar stieg aus und winkte ihrem deutschen Kollegen zu. Sie freute sich auf die Zusammenarbeit, die so anders war als in China, den ungezwungenen Umgang der Leute untereinander. Wie bei einem Volksfest schlängelten sie sich zwischen Ankommenden und Wartenden hindurch. Sie hielt ihre Tasche umklammert, ihr Geschäftspartner zog den kleinen pinken Koffer. Ihr war kalt, nach langen Flügen war ihr immer kalt.

Deutschland

Der Mann und die Frau in der süddeutschen Stadt hören in den Nachrichten von einer Stadt in China, in der viele Menschen an einer Form von Lungenentzündung erkrankt sind. Es klingt ernst. Während der Nachbar wieder einmal den Hawaii-Schirm im Winterwind befestigt, flimmern im Fernsehen Bilder von Menschen in weißen Ganzkörperanzügen. »Erinnerst du dich an diesen Film letztens? Outbreak hieß der, glaube ich.« Der Mann zuckt mit den Schultern. Er möchte bald schlafen gehen. Er muss früh am nächsten Morgen raus, schließlich will er in den Skiurlaub aufbrechen. Die Fahrt nach Italien ist lang.

Italien

Warum musste der Dottore so übertreiben? Ja, sie fühlte sich schwach, aber ein paar Tage im Bett, eine warme Suppe von Maria und alles wäre wieder gut, dachte sie. Trotzdem hatte ihr Arzt darauf bestanden, dass sie ins Hospital sollte. Giulia seufzte. Er war noch so jung, was konnte er schon wissen. Dass die jungen Pfleger ein wenig mit ihr geflirtet hatten, wie gut sie doch aussähe mit ihren 84 Jahren, war nur ein schwacher Trost dafür, hier zu sein.

Ein junger Arzt mit wilden Locken nahm ihr Blut ab. Wie alle Ärzte vor ihm schaute auch er besorgt. Er trug ein Fußball-Trikot unter dem Kittel.

»Du bist keiner aus der Curva Nord, oder?« Er lachte und traf routiniert eine Vene.

»Ach, mein Trikot! Das hat mir ein Freund geschenkt. Wir haben gemeinsam in Tübingen studiert, das ist in Deutschland. Damals sind wir immer zu seinem Verein nach Stuttgart ins Stadion gegangen und als ich nach Italien zurückging, hat er es mir geschenkt. «

»Ihr seid immer noch Freunde?« Husten begleitete ihre Frage und ließ die Nadel in ihrem Arm schmerzhaft piksen. Sie beobachtete, wie der junge Arzt sie aus ihrer schlaffen Haut herauszog.

Er sah sie ernst an, drückte einen Tupfer auf die Einstichstelle, klebte einen Streifen Pflaster darüber und fühlte ihren Puls. Er raste.

»Es geht Ihnen wirklich nicht gut, Señora. Ich spreche mit dem Oberarzt, ob wir Ihnen Sauerstoff geben.«

Giulia winkte ab. »Ach, das wird schon wieder. Was jetzt, bist du immer noch mit dem Deutschen befreundet?«

Er lachte wieder. »Felix, so heißt er, ist ein guter Freund, wir besuchen uns jedes Jahr.« Dann ging er zur Tür. »Gute Besserung, Giulia.«

»Freundschaft ist gut«, rief Giulia ihm nach und räusperte sich. »Und ich weiß, dass Tübingen in Deutschland ist, junger Mann.« Der Satz ging in einem Hustenanfall unter.

Als sie sich beruhigt hatte, trank sie einen Schluck Wasser. Mit zittriger Hand legte sie ihre Brille auf den Rollwagen neben ihrem Bett und schloss die Augen. »Ein bisschen ausruhen kann nicht schaden«, dachte sie und fiel wenige Augenblicke später schwer atmend in den Schlaf.

Deutschland

Der Mann und die Frau gehen ihrer Arbeit nach, nehmen die Situation gelassen. Der Mann ist schon lange wieder aus dem Urlaub zurück, sie haben Masken aus Papier besorgt und die Frau hat ein paar aus Stoff genäht.

Es ist ein Freitagabend, als eine Pressekonferenz in das Wohnzimmer mit dem blauen Sofa einschlägt. Ein Minister will, dass die Menschen an die frische Luft gehen und sich mit Kontakten zurückhalten. Die Kultus-Ministerin druckst herum, sie wolle alles tun, damit keinem Schüler ein Nachteil entstünde. »Ach«, entfährt es der Frau und der Mann hebt die Augenbraue, während er auf dem Handy liest. Am Montag dann sind die Schulen und die meisten Läden zu, das ganze Land steht still.

Im Supermarkt findet die Frau keine Nudeln, kein Toiletten-papier und keine Hefe im Kühlregal. Dann müssen wir eben mit der Trockenhefe backen. Als sie nach den Kartoffeln greift, gluckst ihr ein verzweifeltes Lachen aus der Maske und sofort spürt sie die misstrauischen Blicke der anderen. In welchem Leben ist sie heute aufgewacht?

USA

John band seine störrischen Haare zusammen und ließ seine Maske in die Kitteltasche gleiten. Vom anderen Ende des Ganges winkte ihm schon Mary zu.

Sie rief: »Wie war der Fels?«

Er lächelte breit und machte ein Victoryzeichen. Sie reckte die Faust und verschwand in einem der Räume. Das Klettern im Yosemite hatte ihm gutgetan und ihn gleichzeitig gefordert. Noch immer spürte er den Muskelkater in den Armen und die leichte Zerrung in den Fingern und knetete sie unwillkürlich. Aber schließlich war man nur einmal jung, und er hatte nicht vor, sein ganzes Leben mit Arbeit zu verbringen. Dass sie ihn wegen der angespannten Lage in China vorzeitig zurückbeordert hatten, konnte er nicht ändern. So war das eben bei den Centers of Disease Control and Prevention.

Vor der Tür des Labors setzte er die Maske auf, tippte den Code in das Zahlenfeld und drückte die Tür auf. Er fischte sich Handschuhe aus der Box an der Wand, nahm einen Probenbehälter aus dem Kühlschrank und ging zu seinem Arbeitsplatz hinüber. Home, sweet Home.

Da viele Kollegen am Montag erst später ins Haus kamen, hatte er das Labor noch für sich. Er schaltete zuerst das Rasterelektronenmikroskop ein, ging dann zum Fenster und fixierte die grauen Häuserblöcke ringsum. Wie das Wetter wohl gerade auf dem El Cap war und ob sie heute auf dem Candler Field spielen würden? Sirenen von der Clifton Road rissen ihn aus seinen Gedanken.

Zurück zur Arbeit, dachte er. Ein Piepsen verriet ihm, dass die Apparatur bereit war. Er nahm ein Röhrchen nach dem anderen, pipettierte Material auf den Objektträger, legte es in das Mikroskop. Er blickte auf den Bildschirm.

Zu jedem Röhrchen trug er etwas in ein Formular ein. Bei Röhrchen Nummer 12 hielt er inne. Er verkleinerte das Raster und sah erneut auf den Bildschirm.

John knetete wieder seine Hände.

Konnte das sein?

Er machte eine Notiz und arbeitete sich bis zum Mittag durch sechs weitere Behälter mit Proben aus dem ganzen Land. Er fand die Abweichung 25 Mal. Inzwischen waren einige Kollegen eingetroffen, grüßten kurz und gingen an ihre Arbeit. Alle Gespräche drehten sich um das eine Thema.

Als er fertig war, stellte er den letzten Behälter wieder in den Kühlschrank, zog die Handschuhe aus und ging mit seinen Notizen zum Schreibtisch. Dort weckte er den Computer aus dem Ruhezustand und schrieb eine erste E-Mail.

Deutschland

Es ist vier Uhr morgens, als die Frau allein auf dem blauen Sofa sitzt. Wieder einmal haben düstere Träume von Lastwagen voller Leichen sie geweckt. Beim Schein der Handytaschenlampe liest sie im Buch eines Journalisten, der seine Erlebnisse im Gefängnis schildert, und fröstelt dabei.

Abends sitzt sie mit ihrem Mann auf dem Sofa, wenn Reportagen aus Intensivstationen übermüdetes Klinikpersonal in Schutzanzügen zeigen. Bleiche Körper sind zu sehen, an Schläuchen angeschlossen, beatmet von Maschinen, am Rande des Lebens.

Man sieht das Paar jetzt dort auch tagsüber – wenn der Mann keine Telkos hat und die Frau keine Online-Sprechstunde. Die Kinder hängen dort herum, wenn die Internetverbindung nicht funktioniert und das Homeschooling nur noch nervt. Zu erzählen haben sie kaum etwas.

Weil der Mann mit jeder Stunde Sitzen blasser geworden ist, geht das Paar ab und zu raus. »Los, hoch vom Sofa!«, sagen sie dann. Sie gehen joggen und spazieren, weil man nichts anderes tun kann. Die Straßen sind leer, die kleinen Läden, Kneipen und Restaurants geschlossen. Hatten sie zu Beginn noch die ungeplant freie Zeit zum Aufräumen, Werkeln und all den anderen Sachen, die man immer schon mal machen wollte genutzt, legt sich jetzt eine bleierne Schwere auf die Tage. Waren Spaziergänge über unbekannte Waldpfade am Anfang noch ein Abenteuer, fühlt es sich jetzt wie Pflichtprogramm an:»Wollen wir da wieder lang?« Der Mann hat keine Lust, die Ski neu zu wachsen, die Frau will nach dem Handlettering nicht noch Makramee lernen und die Kinder haben keine Lust mehr auf gemeinsame Spieleabende.

Auf dem Weg zum Briefkasten trifft die Frau die Nachbarn, die ebenfalls ans Haus gefesselt sind, außer dem jungen Arzt bei ihnen im zweiten Stock, der jetzt oft im Krankenhaus übernachtet. Früher grillten sie zusammen, jetzt trifft sie ihn nur noch in der Waschküche, und dann ist Felix wortkarg und hat dunkle Ringe unter den Augen, stopft seine Wäsche achtlos in die Maschine. Der zurückhaltende Buchhändler, der im Erdgeschoss wohnt, hat angeboten, Bücher auszuleihen. »Danke!«

Ein Buch von Pearl S. Buck entführt sie für einige Stunden in das China vergangener Zeiten.

China

Frau Chen erhielt eine Sterbebescheinigung und eine Ausgangsgenehmigung. Man schickte sie nach Hause. Statt Menschen glotzten sie auf dem Heimweg überall Straßensperren an. An jeder Ecke wurde Desinfektionsmittel versprüht. An jedem Kontrollposten musste sie die Genehmigung vorzeigen. Alle Polizisten, Soldaten und die Leute vom Nachbarschaftskomitee trugen Schutzanzüge, Masken und Schutzbrillen. Dass Frau Chen die Lippen fest aufeinanderpresste, sah hinter der Papiermaske niemand. Im Treppenhaus ihres Wohnblocks klammerte sie sich ans Geländer.

Wie sollte sie dem Sohn beibringen, dass sein Vater tot war? Sie musste die Tochter anrufen und wusste nicht, welche Worte das Unsagbare ausdrücken sollten.

Deutschland

Der Mann auf dem blauen Sofa wird immer gereizter. Wütend, zur Untätigkeit verdammt zu sein und besorgt über die tiefe Niedergeschlagenheit des Sohnes. Ihn ermüden auch die endlosen Telkos, in denen es um nichts mehr geht. Die leeren Worthülsen im Business-Sprech bringen seine Halsschlagader zum Pochen; wenn er an die neuen Quartalserwartungen und die Entlassungswelle denkt, wird ihm schlecht. Bis er selbst gekündigt wird, halb herbeigesehnt, halb befürchtet.

Die verlassenen Praxisräume der Frau fühlen sich fremd an, wenn sie einmal wöchentlich dort vorbeischaut. Termine finden nur noch online statt.

Eins der Kinder macht online seinen Abschluss, ohne Feierlichkeiten, ohne Parties. Bei der improvisierten Zeugnisübergabe zwinkert sie ein paar Tränen weg: »Ich bin so stolz auf dich!« Die Kinder nehmen das verkorkste Schuljahr hin. Der Tanzkurs natürlich abgebrochen.

Mahlzeiten erstarren zum Ritual, der Ton ist angespannt und die Jungen verziehen sich schnell wieder in ihre Zimmer. Selbst beim Spazierengehen schweigt sich das Paar nun an, es ist langweilige Routine geworden. Joggen zur Flucht. Neue Sorgen und alte Ängste drücken durch die dünner gewordene Haut. Auf dem blauen Sofa will sich keine abendliche Ruhe mehr einstellen, der Blick auf den Hawaii-Schirm nervt.

China

Die Leute vom Nachbarschaftskommitee räumten die Wohnung aus, in der Fischhändler Ma mit seiner alten Mutter gewohnt hatte.

»Pneumonie«, hatte der junge Arzt im Krankenhaus gemurmelt, als er sich endlich Herrn Mas Mutter ansah. Weder sie noch ihr Sohn wussten, was das bedeutete. Sie starb 48 Stunden später.

Herr Ma wurde einige Tage später von einem Nachbarn ins Krankenhaus gebracht. Nun war auch er tot, und da es keine weiteren Angehörigen gab, musste das Kommitee für die Räumung der Wohnung sorgen. Auch der junge Arzt namens Li hatte es nicht geschafft, aber das wussten die Leute nicht, die Herrn Mas Wohnung ausräumten.

Deutschland

In einer anderen Stadt in Deutschland saßen zwei Wissenschaftler an einem Tisch in einem kleinen Büro, umgeben von Labors. Beide lauschten der Stimme einer Kollegin aus den USA, die dort bei der CDC forschte, die auf dem Bildschirm des Laptops zu sehen war. »Okay, danke, dann sehen wir weiter.« Nachdem sie sich verabschiedet hatten, öffnete der Mann das Postfach und beugte sich mit seiner Kollegin über einige E-Mails.

Sie lehnte sich zurück. »Das klingt beunruhigend, nicht wahr?«

Der Mann nickte. »Ja, das wird die ganze Welt beschäftigen. Keine Ahnung, welche Folgen es genau geben wird. Aber gewaltig werden sie sein.«

»Hast du eine Idee?« Obwohl sie fragte, wusste sie, dass er schon eine Idee hatte, eine Ahnung. Seine Antwort überraschte sie nach all den Jahren deshalb nicht.

»Ich glaube, wir können mit unserer bisherigen Forschung dazu beitragen, das hier zu bekämpfen. Vielleicht ist unsere Nische sogar der Schlüssel. Wir sollten keinen Tag verlieren, das wird ein Wettlauf gegen die Zeit.« Sein linker Oberschenkel zuckte bei jeder Silbe.

»Vielleicht hast du recht und unser Vorsprung ist groß genug, dass es am Ende tatsächlich einfacher wird als bei anderen Verfahren.« Bevor sie zu Ende gesprochen hatte, war er aufgestanden.

»Ja und Nein, es wartet ein Haufen Arbeit auf uns. Das muss jetzt alles sehr schnell gehen.«

Und schon eilte er aus dem Raum, auf dem Weg zu den Kollegen, mit denen er seine Ideen besprechen würde[1].

---

[1] Ich schrieb diesen Abschnitt vor dem Erscheinen von *Projekt Lightspeed* von Joe Miller mit Özlem Türeci und Ugur Sahin und ohne weitere Informationen über die Firma BioNTech. Erst beim Lesen dieses Buches wurde mir klar, wie unheimlich nah ich der Realität gekommen war.

Nachtschicht

S eine Hände fliegen über die Tasten, endlich der letzte Bericht, immer schneller hackt er auf die Tastatur. Während er die letzten Zeilen eintippt, schlingt Felix sein pappiges Brötchen hinunter. Mit einem Ohr immer auf der Station. Auf dem Flur eilige Schritte, quietschend und auf dicken Sohlen. Immer in Eile, zu wenig Personal, zu wenig Zeit. Die Dokumentation verschlingt einen immer größeren Teil seiner Schichten. Zeit, die er nicht hat. Zeit, die seine Patienten nicht haben.

Er erinnert sich an Anatomie-Vorlesungen, auch an Terminologie, aber das ausufernde Schreiben von Berichten kam im Curriculum nicht wirklich vor.

Angst war ebenfalls kein Thema, damals im Studium. Heute begleitet sie ihn jeden Tag, jede Stunde. Zum ersten Mal kam die Angst, als er in einer Woche einen Patienten verlor und noch einen und noch einen und noch einen und noch einen. Bis er aufhörte zu zählen. Er konnte nichts tun, nichts half. Als es dann auch noch einen seiner Kollegen erwischte, legte sich der Schatten über sein ganzes Leben.

Einser-Abi, Studium mit Auszeichnung und den Titel gleich hinterher. Mit Stress ist er immer gut zurechtgekommen. Schließlich wusste er, was er kann und wo er hinwill. Nun scheinen sich die dunklen Gedanken seit Neustem nicht mehr abschütteln zu lassen. Nicht wie sonst durch einen blöden Witz, nicht mehr beim Bahnenschwimmen und auch nicht durch einen One-Night-Stand.

Nicht mal zur Beerdigung des Kollegen durfte er gehen, nur Angehörige waren zugelassen. Felix hatte auf der Straße vor dem Friedhof auf den Vater gewartet. Sie hatten sich kurz angesehen, Abstand gehalten, sich nicht die Hand gegeben. Er hatte sein Beileid ausgesprochen, dann waren sie auseinandergegangen, jeder in eine andere Richtung. Der Vater fuhr zurück in ein kleines Häuschen am Stadtrand, Holzzaun und Rasen, Gardinen und Schrankwand. Felix machte sich auf den Weg zurück ins Krankenhaus, er hatte Dienst.

Ein Telefon klingelt.

»Ja?«

»Habt ihr ein Bett frei? Wir bringen einen, Sauerstoff liegt bei …«

Felix starrt auf den Bildschirm. Er muss sich konzentrieren, endlich fertig werden. Aber seine Gedanken kreisen wieder um den jungen, sportlichen Kollegen, der sich damals angesteckt hatte, der er sein könnte.

Er landete bei ihm auf der Intensiv und sie alle hatten Tag um Tag, Nacht für Nacht um sein Leben gekämpft und den Kampf verloren. In dem Moment, als er den letzten Monitor ausschaltete, die Pfleger das Laken über ihn breiteten, konnte er nur noch sein eigenes Stolpern in der Herzgegend hören. Dann spürte er einen Krampf in der Magengrube, der ihm die Luft abschnürte. Er erinnerte sich noch, dass er damals keuchend im Treppenhaus gesessen hatte.

Seitdem kam sie immer wieder, die Angst. Und dieser Schatten verdeckt immer mehr von ihm. Er sieht sich selbst dabei zu, wie er funktioniert.

Ein Fremder, der Anweisungen gibt, Entscheidungen trifft, hier ein Handgriff, dort ein Wort.

Routiniert legte er Zugänge, schaltete Monitore ein und aus. Dabei fragte er sich manchmal, wer dieser Mann eigentlich ist. In seiner Zeit in der Chirurgie hatten ihm Patienten davon erzählt, dass sie ihren eigenen Körper auf dem OP-Tisch gesehen hätten. Damals lächelte er nachsichtig.

Heute fühlt er sich genau so, wenn der Angstschatten ihn verschluckt.

Ohnmächtig sieht er sich zu, wie er seine Arbeit verrichtet. Seit der Panik von damals rechnet er praktisch in jeder Schicht damit, einfach umzufallen. Einmal sackte er auf dem Flur zusammen. Wie gerne wäre er einfach liegengeblieben. So viele Tote, er hielt es nicht mehr aus.

Doch Ahmed, der junge Pfleger aus Afghanistan, hievte ihn auf ein Bett, prüfte routiniert seine Vitalzeichen, verschwand kurz und drückte ihm eine Cola in die Hand.

»Trink mal was, Felix. Du hast zu wenig getrunken. Du hast wieder keine Pause gemacht.«

Bevor er antworten konnte, piepste es schon wieder in einem der Zimmer und Ahmed ging davon. Dann drehte er sich doch noch einmal um und sagte: »Du kannst sie nicht alle retten, es ist nicht deine Schuld.«

Felix war zurückgeblieben, am Leben, mit rasendem Herzen.

Er tippt endlich die letzte Zeile, sichert die Datei, schließt das Programm. Ein letzter Schluck abgestandener Kaffee und das halbe Glas Orangensaft. Er springt auf und eilt auf den Flur. Hände desinfizieren, Haube aufsetzen. Nicht genug Leute für das Buddy-System? Also mal wieder allein. Maske auf, Brille nicht vergessen. An der Tür greift Felix ins Regal und zieht im Vorbeilaufen einen gelben Kittel heraus, streift ihn über, jetzt der Face Shield. Zum Schluss noch die Handschuhe aus dem Spender nehmen, überziehen, mit dem Ellbogen die Tür öffnen.

Sein Herz rast, als er die Intensiv I betritt. Die Kakophonie der Geräusche überfällt ihn, das Piepsen und Fauchen der Maschinen unwirklich laut, genauso wie die schnellen Schritte seiner Kollegen, unterbrochen vom Gemurmel gedämpfter Stimmen, Telefonläuten und Sekunden unheimlicher Stille. Wenn er die Augen schließt, wähnt er sich in der Hölle.

Eine Person taucht vor ihm auf.

»Die 19 wenden, der 14 geht es besser. Beate und Sven sind nochmal bei der 11 und geben erneut Dexa. 15 ist pulmonal total eingebrochen, ist an der Ecmo, zwei Patienten mussten wir leider verabschieden, zwei konnten wir auf die Normalstation verlegen.«

Die Ansagen der Oberschwester prasseln auf ihn ein. Unter Haube, Brille, Maske erahnt er nur ihr Gesicht, einzig die dunklen Augenringe sind deutlich zu sehen. Wie lange war sie schon hier? 50 Stunden?

Felix nickt und speichert die Informationen im Kopf ab. Wieder viele Patienten, schon wieder.

Sein Telefon klingelt.

»Intensiv? Wir haben zwei neue Patienten für euch. Kann jemand runterkommen? Wir sind heute unterbesetzt.«

»Ich komme«, hört er sich sagen und sieht sich zum Aufzug eilen.

Mann der Tat

Vor vier Tagen hatte sich alles verändert. Jetzt sitzt David auf einem unbequemen Plastikstuhl im Gang des Polizeipräsidiums und wartet mit gesenktem Kopf. Die Sonne scheint durch schlierige Fenster auf die typischen Behördenpflanzen in Töpfen mit braunem Granulat.

»Träum nicht Junge, aus dir wird nie was«, hört er seinen Vater sagen. Widersprechen kann er ihm jetzt nicht mehr. Sein Leben ist ihm entglitten.

Wer die Demo angemeldet hatte, weiß er nicht, aber viele von der Uni beteiligten sich, wollten protestieren gegen »Lehre am Bildschirm« und »Maskenzwang«, gegen ausfallende Seminare und Sprechstunden. Als ihn irgendjemand aus der Vorbereitungsgruppe bat, etwas zum Freiheitsbegriff zu formulieren und es dann übers Megafon vorzulesen, hatte er zugesagt, weil auch Fay in dieser Gruppe war.

Seine Freundin Sophie war über das Wochenende zu ihren Eltern gefahren. Ihre Schwester hatte Geburtstag. Also ging er allein mit Gero zur Demo, um in der Stadt die anderen zu treffen.

Fay in der Menge; Fay, die gerade freiwillig das Graecum machte; Fay, bei der sich immer eine kleine Falte über der Nase bildete, wenn sie nachdachte; Fay, deren Lachen man im Gang hörte, wenn sie durch ihren HiWi-Job in Professor Gunthers Büro saß; Fay mit ihren glänzenden dunkelbraunen Locken, die bei jedem Schritt wippten.

Einmal hatte sie einen seiner Aufsätze in drei Sätzen auseinandergenommen. Alle Kommilitonen hatten genickt und eifrig mitgeschrieben. Er schämte sich, weil sie recht hatte. Hinterher lud sie ihn zu einer Party ein.

Wie konnte sie nur, dachte er nun.

Fay ...

Was ist aus mir geworden? Ich muss mich mehr anstrengen, mich erinnern, was am Samstag passiert ist. Mich an das Gefühl erinnern, denkt David.

Ausgestiegen in der Innenstadt, überall Menschen. Ein Kommilitone, der von Weitem winkte. Fay mit abschätzigem Blick auf Gero. Gero, plötzlich umringt von »Freunden«, wie er sagte. Älter als David, keine Studenten, da war er sich sicher. Und überall Polizei.

Es ging los, einer hielt das Megaphon, David verlas das Statement der Studenten.

Freiheit, kein Impfzwang, wir wollen unsere Lehre zurück, keine Maskenpflicht in der Uni. Wir sind das Volk.

Geschiebe, Gedränge, der Ü-Wagen des Regionalfernsehens. Dann Gero, der brüllte und ihm im Gedränge etwas zustecken wollte. Als alle nach vorne drängten, ließ David es fallen, ein kleiner Gegenstand aus Metall, glaubte er.

Dann ging alles ganz schnell. Gero, der zuschlug. Plötzlich war Fay da und Frank. Gero holte aus, eine Frau schrie.

Fay? David sah nur noch Köpfe und Hände. Vor ihm Gero, der auf einen Polizisten einhämmerte. Als die Menge zurückwich, stand David plötzlich neben Frank. Der zeigte auf Gero, der gerade wieder ausholte. Dann brüllte er: »Warum stehst du nur blöd da, David?!«

David sah sich um und entdeckte, dass Fay gerade von anderen Leuten hochgezogen wurde. Fay, der nun eine dunkle Strähne an der Wange klebte. Er erinnerte sich an das Gefühl, als ihre Blicke sich kurz trafen. Das aufregende Kribbeln im Nacken.

Dann hatte ihn jemand an der Schulter gepackt, ein Polizist. Sie hatten alles abgeriegelt. Lärm, Schreie, Sirenen. Die Geräusche würden ihn noch lange in seinen Träumen verfolgen. Der Polizist brachte ihn zu einer Wanne und verhörte ihn. Sie nannten es Feststellung der Personalien, aber für ihn war es ein Verhör.

»Ich nehme ihn mit zum Vito, Personalien aufnehmen, könnte dazugehören«, sagte er zu einem Kollegen.

Zu wem dazugehören, hatte er sich am Samstag gefragt.

»Aus dir wird nie was, David.« Wieder die Stimme seines Vaters im Kopf. »Flausen«, so hatte sein Vater das genannt. Kein Vergleich zu seiner jüngeren Schwester, die BWL studierte und in die Firma eingetreten war.

Sie hatten seine Fingerabdrücke gewollt, in diesem Wagen. Er spürte auch jetzt in der Behörde wieder Wut in sich aufsteigen. Zwei Männer in Zivil gingen an ihm vorbei, verschwanden in einem der Zimmer.

David versuchte, sich zu erinnern.

Der Beamte hatte ihn fest am Oberarm gepackt und war mit ihm zu einem der Polizeitransporter gegangen. »Sie sehen nicht so aus, als würden Sie Waffen mit sich herumtragen. Sie haben doch keine, oder?« Der Polizist war freundlich, aber sah ihn auch prüfend von der Seite an.

David hob theatralisch den freien Arm und erwiderte, dass er keine hätte, er könne ihn gern durchsuchen.

Der Polizist hatte gelacht. »Nein, Ihr Wort genügt mir.«

David schnaufte und ballte die Hände in den Taschen zu Fäusten.

Sofort hatte der Beamte ihn aufgefordert, die Hände rauszunehmen, er war also doch auf der Hut.

Fast hätte er auch gelacht. Sie hielten ihn, David Scherzner, Philosophiestudent im 12. Semester für gefährlich.

Als sie an einem der Autos ankamen, schob ihn der Beamte hinein. Dort saß bereits ein anderer Polizist.

David fiel plötzlich das Atmen schwer. Der Mann, der ihn hergebracht hatte, blieb vor der offenen Schiebetür stehen und versperrte ihm den Weg.

»Guten Tag, mein Name ist Kahlauer, kein Witz.« Der zweite Mann grinste und David erinnerte sich, wie wütend er darüber gewesen war. Wie oft hatte er diesen dummen Witz wohl schon gemacht?

»Wir nehmen jetzt Ihre Personalien auf und ich würde Ihnen gern ein paar Fragen stellen zu dem, was eben passiert ist, schließlich sind Sie ja Zeuge. Vielleicht haben Sie ja etwas gesehen oder Ihnen ist was aufgefallen, was uns bei unseren Ermittlungen hilft. Haben Sie das soweit verstanden?«

Was habe ich geantwortet?

David rollte mit den Augen.

»Natürlich habe ich das verstanden. Denken Sie, wir sind dumm?«

Der Beamte machte sich Notizen und fragte, ohne ihn anzusehen: »Wer ist wir?«

»Wir Demonstranten. Wissen Sie, hier waren heute auch viele Studenten, auch ich bin Student, wir können Deutsch.«

»Nicht alle Studenten an der ALU sind Deutsche«, antwortete er ungerührt und sprach den abgekürzten Namen der Uni wie das Metall aus.

»Von mir aus, aber ich kann Deutsch. Was wollen Sie eigentlich von mir? Was soll das hier?«

Kahlauer blieb ruhig. »Klar können Sie Deutsch, ist doch keine Frage. Haben Sie was gegen ausländische Studenten?«

»Wieso sollte ich?«

David setzte den gelangweilten Blick auf, den er immer hatte, wenn er seine Gesprächspartner für dumm hielt. Und das kam erstaunlich häufig vor.

»Du hältst dich für was Besseres, mein Sohn, aber andere Menschen sind weder dümmer noch schlechter. Wir sind auch keine besseren Menschen, nur weil wir wohlhabender sind als andere. Geld muss man sich verdienen, genau wie Respekt.« Wieder dröhnte die Stimme seines Vaters in seinen Ohren. Und die eigene Scham, wie alles so weit hatte kommen können. Sein Vater und seine Schwester hatten sich nicht bei ihm gemeldet, seit die Polizei bei ihnen gewesen war. Mutter hatte ihn nur angerufen, um ihm mitzuteilen, dass die Polizei mit der Familie gesprochen habe.

»Nun, fangen wir mal an. Wie heißen Sie, wo wohnen Sie, das alles. Haben Sie zufällig Ihren Ausweis dabei?«, fragte der Polizist namens Kahlauer.

»Das muss ich ja wohl, oder? Ist das so eine Fangfrage, damit Sie mir gleich was anhängen können, oder was?« David warf dem Mann seinen Ausweis hin, und dass dieser ihn ganz gelassen nahm, machte ihn noch wütender.

»He, warum so sauer? Ich habe freundlich gefragt, oder? Außerdem ist es nicht ganz richtig, was Sie sagen. Es gibt keine Mitführungspflicht für den Perso.«

David schwieg und sah auf seine Hände.

Mittlerweile war ein dritter Beamter vor dem Wagen aufgetaucht und beobachtete ihn genau.

Seit wann waren drei Personen erforderlich, um Personalien aufzunehmen?

»So, bitte, Herr Scherzner. Da passen wir ja gut zusammen, oder?« Der Beamte grinste wieder und gab ihm den Ausweis zurück.

»Was studieren Sie eigentlich?«

David runzelte die Stirn. Rhetorik gehörte offensichtlich nicht zur Polizeiausbildung.

»Eigentlich studiere ich Philosophie und Soziologie.« Das »eigentlich« betonte er extra.

»Im wievielten Semester?«

»Was tut das hier zur Sache?« David schnaubte.

»Es ist nur eine Frage, Herr Scherzner. Meine Tochter studiert auch, da hat es mich einfach interessiert. Nun gut, sind Sie allein zur Demo oder sind Sie mit jemandem zusammen hierhergekommen? Was haben Sie gemacht?« Der Polizist schaute ihn an.

»Ich bin mit einem Kommilitonen hergekommen, mit der Straßenbahn. Wir sind da hinten an der Haltestelle ausgestiegen, haben die anderen getroffen.« David leierte seine Aussage gelangweilt herunter.

»Wer sind die anderen?«

»Weitere Kommilitonen.«

»Und der, mit dem Sie hergefahren sind, mit dem sind Sie befreundet?«

»Nein, befreundet nicht. Wir sind bloß Kommilitonen.«

»Studiert der auch Philosophie und Soziologie?«

»Nein, Geschichte auf Lehramt, glaube ich.«

»Sie kennen ihn nicht gut? Treffen Sie sich nicht außerhalb der Uni? Lernen zusammen?«

David erinnerte sich, dass er eine Augenbraue hochgezogen hatte, und sagte extra langsam: »Wir können nicht zusammen lernen, weil wir nicht dasselbe studieren. Ver-ste-hen Sie das?«

Der Mann reagierte nicht auf seine Provokation.

»Was haben Sie dann gemacht?«

»Wir wollten ein Statement verlesen und haben uns besprochen, wie wir das machen wollen.«

»Ah, das waren Sie mit dem Megaphon, oder? Ich habe Sie von Weitem gesehen.« Er sah David fragend an.

»Ja, das war ich. Wissen Sie, das ist nämlich unsere Freiheit, die hier jeden Tag mit Füßen getreten wird. Unsere Zukunft wird hier gerade verspielt. Glauben Sie, wir wollen in einem unfreien Land leben?« Er war lauter geworden.

»Schon klar. Der Freund, mit dem Sie hergekommen sind, war das Gero Böhm?«

David stutzte und sah Kahlauer das erste Mal richtig an. Der Mann musste ungefähr 45 sein. Graumelierter Bart, wache

Augen, ein paar Lachfältchen. Ob man für den gehobenen Dienst studieren musste? »Woher wissen Sie das?«

Der Beamte ignorierte seine Frage. »Waren Sie die ganze Zeit mit Gero Böhm zusammen? Haben Sie gesehen, was er gemacht hat?«

»Was? Nein, ich habe unser Statement verlesen, da war Gero nicht in der Nähe. Er stand weiter vorn, Richtung Haltestelle.«

»War Böhm allein?« Der Mann sah ihn aufmerksam an.

»Er hat Freunde getroffen, die waren schon da, als wir kamen.«

»Und das waren auch Studenten, die Sie kannten?«

So langsam fragte sich David, worauf der Mann hinauswollte. »Nein, ich kannte keinen von denen. Ich glaube auch nicht, dass das Studenten waren, die waren alle etwas älter als wir.«

»Kannten Ihre Leute, also Ihre Kommilitonen, die Freunde von Gero Böhm?«

»Nein, die haben mit ihm nicht so viel zu tun.«

»Wieso nicht? Aber Sie haben viel mit ihm zu tun? Sie sagten doch aber eben, dass Sie nicht mit ihm befreundet sind.«

»Bin ich auch nicht. Wir hatten ein Seminar zusammen und gehen immer mal in die Mensa.« David ging auf, wie wenig er über Gero wusste.

»Meine Kommilitonen mögen ihn wohl nicht so, er hat generell in der Uni wenig Kontakte, glaube ich. Jedenfalls weiß ich von keiner Clique.«

»Ach so, okay, na ja.« Kahlauer lächelte und schrieb.

In dem Moment kamen zwei Polizisten angelaufen und winkten Kahlauer hektisch zu. Er stieg aus dem Auto und trat zu ihnen.

David konnte nur einzelne Worte heraushören. »Bewusstlos« und »Krankenhaus«. Hatte es wieder mal einen Demonstranten erwischt, der zusammengeschlagen worden war? Scheiß Obrigkeitsstaat. Als er auf seine staubigen Schuhe sah, schauderte es ihn plötzlich.

Kahlauers Gesichtsausdruck veränderte sich, er war blass geworden, stieg wieder ein und setzte die Befragung in schärferem Ton fort.

»Herr Scherzner, ich frage Sie jetzt nochmal: Haben Sie gesehen, was Gero Böhm gemacht hat während der Demo?«

»Und ich sage zum zweiten Mal, dass ich ihn nicht die ganze Zeit im Blick hatte und nicht an seiner Seite war. Die Demo bewegte sich nach meinem Statement Richtung Stühlinger. Am Ü-Wagen stand Polizei, dann diese Baustelle an der Haltestelle, da wurde es eng. Von hinten wurde geschoben, überall waren Ihre Leute. Wir wurden richtig eingekesselt.«

»Sie wurden eingekesselt?«

»Na ja, vorne sah ich Polizisten, sie kamen von allen Seiten und für uns ging es nicht mehr weiter.«

»Aha, was hat Gero Böhm gemacht?«

»Ich weiß es nicht, verdammt nochmal. Hat sich wahrscheinlich auch gewehrt.«

Kahlauer sah von seinem Notizblock auf. »Gewehrt wogegen?«

»Eingekesselt zu werden, festgenommen zu werden, was weiß ich. Nochmal: Ich stand nicht neben ihm. Nehmen Sie ihn doch fest und fragen Sie ihn selbst.«

»Warum sollten wir ihn festnehmen?«

»Weil wir demonstrieren und das dem Staat ja offensichtlich nicht passt. Sonst wäre ich wohl nicht hier, oder?«

David hatte seine Stimme erhoben und trotzig das Kinn vorgeschoben. Als er das bemerkte, veränderte er seine Kopfhaltung. Beim letzten Streit hatte sein Vater gespöttelt, David verhalte sich wie ein trotziges Kleinkind.

»Wir nehmen niemanden fest, weil er demonstriert. Das ist Ihr gutes Recht.«

»Ja, ja, und ich sitze hier. Tolles Recht ist das!«

Der Mann fuhr ungerührt fort. »Hatten Sie eine Waffe dabei, als Sie zur Demo los sind?«

David hatte genug von der gespielten Gleichgültigkeit des Polizisten und seinen bohrenden Fragen. »Nein, hatte ich nicht. Was soll das? Wollen Sie mir was anhängen? Ich habe keine Waffe! Ich hatte keine dabei!«

Kahlauer blieb auch jetzt ganz ruhig, während David innerlich kochte. Wie ein Tier im Käfig suchte er in seinem Verstand, seiner einzigen Waffe, nach einem Ausweg.

»Hatte Gero Böhm eine Waffe dabei?«

David stockte. Gero hatte ihm im Gedränge etwas zustecken wollen, doch eingekeilt zwischen den Leuten hatte er es fallen lassen. Es war ein kleiner Metallgegenstand gewesen, glaubte er, es hatte sich kalt und hart angefühlt.

»Na, ich sehe Ihnen an, dass Ihnen etwas eingefallen ist. Also? Ich darf Sie darauf hinweisen, dass Sie als Zeuge die Pflicht haben, die Wahrheit zu sagen.«

Als David sich am Arm kratzte, verfolgte Kahlauer jede seiner Bewegungen.

»Im Gedränge wollte mir Gero etwas in die Hand drücken, aber es ist runtergefallen. Keine Ahnung, was es war.« Er hob die Schultern.

»Sie haben es nicht gesehen?«

David sah an Kahlauers aufgerissenen Augen, dass er ihm nicht glaubte. »Es war sicher keine Waffe, eher ein kleiner, metallener Gegenstand, glaube ich.«

»Was geschah dann?«

»Ich glaube, ich habe noch gesehen, wie Polizisten auf ihn losgegangen sind und dann kam auch schon Ihr freundlicher Kollege hier und zog mich raus.«

»Polizisten sind auf Böhm losgegangen? Warum? Was heißt das?« Kahlauer schrieb und schrieb.

»Sie waren überall. Verdammt, das wissen Sie doch besser als ich. Ich hab eben gesehen, wie ein Polizist auf Gero zukam.«

»Ein Polizist oder mehrere?«, unterbrach ihn der Mann.

David atmete tief durch. »Wie gesagt, Ihre Kollegen waren überall. Ich sah, wie ein Polizist in Geros Richtung ging, dann schob sich irgendjemand ins Blickfeld und ich wurde weggedrückt.«

»Was genau haben Sie beobachtet, Herr Scherzner. Versuchen Sie, sich zu erinnern.«

»Ein Polizist schob sich in Geros Richtung, der hob den Arm, wohl um sich wegzudrehen, er war ja auch praktisch eingeklemmt und dann ...«

»Dann was?«, frage Kahlauer jetzt eine Spur schärfer.

»Vielleicht hat er versucht, den Polizisten wegzuschubsen. Jedenfalls sah es für mich so aus.«

Der Polizist schüttelte missbilligend den Kopf. »Und weiter?«

»Dann wurde ich von ihm da gepackt.« Er deutete auf den Polizisten an der Autotür. In dem Moment kam Bewegung in die Beamten draußen vor dem Wagen. Es waren noch drei dazugekommen. Einer winkte Kahlauer hinaus. Währenddessen setzte sich der Jüngere in den Wagen, griff unter den Tisch und zog ein flaches Gerät hervor.

»Hätten Sie was dagegen, wenn wir jetzt noch Ihre Fingerabdrücke nehmen?«, fragte der Polizist.

»Was? Warum denn?«

»Nur zum Abgleich. Reine Routine. Sichert ja auch Sie als Zeugen ab, damit wir Sie ausschließen können.« Er ließ den Satz in der Schwebe hängen.

Von was ausschließen? Die Luft im Wagen war stickig. »Habe ich eine Wahl?«, hatte er mehr zu sich selbst gesagt und der Polizist schaltete das Ding ein.

»Legen Sie bitte zuerst ihre linke Hand auf die Umrisse, dann die rechte Hand. Ja, genau so. Und die andere. Danke.«

Der Jüngere war wieder ausgestiegen, als Kahlauer herankam und flüsterte ihm etwas zu.

»Danke für die Kooperation, Herr Scherzner.« Kahlauer sprach förmlich weiter. Die vorgetäuschte Gelassenheit war völlig verschwunden. »Ja, das ist jetzt leider eine ernste Sache.«

David sah dem Mann in die Augen. Zwischen ihnen hatte sich eine steile Falte gebildet, sein Blick durchbohrte ihn. Etwas hatte sich verändert.

»Wollen Sie Ihren Ausführungen darüber, was Sie beobachtet haben, noch etwas hinzufügen? Hat sich Böhm wirklich gewehrt oder hat er die Kollegin von sich aus angegriffen?«

»Das war eine Frau?« David fiel die Kinnlade herunter. Er konnte sich nicht recht vorstellen, dass auch Frauen unter dem Vollschutz steckten, dass auch Polizistinnen auf Demonstranten losgingen.

»Herr Scherzner? Ist Ihnen noch was eingefallen?« Seine Stimme klang drängend.

Träum nicht, Junge, flüsterte David tonlos. Ich weiß es nicht. »Ich habe hingesehen und Gero hatte den Arm oben. Er trug Handschuhe, fällt mir jetzt ein. Ich dachte ... für mich sah es so aus ... ich weiß es nicht. Ich glaube einfach nicht, dass Gero von sich aus auf den Polizisten eingeschlagen hat, und schon gar nicht auf eine Polizistin. Ich meine, konnte ja niemand ahnen, dass da eine Frau druntersteckt.«

»Hätte das denn was geändert? So nach dem Motto: Frauen schlägt man nicht? Hätten Sie eingegriffen, wenn Sie das gewusst hätten?«

David hörte den Sarkasmus in Kahlauers Stimme. »Keine Ahnung.« Als David an seine Freundin Sophie dachte, brach seine Stimme.

»Wie oft hat Böhm zugeschlagen?«

»Das weiß ich nicht. Ich hatte ihn nur einen Moment im Blick, da holte er aus ...«

»Also haben Sie gesehen, wie er zum Schlag ausgeholt hat?«

»Ja, ich meine, nein. Ich weiß nicht, ob er sich gewehrt hat oder ob er ... absichtlich zugeschlagen hat. Ich kann mir das aber nicht vorstellen. Er war halt, na ja, zu mir immer freundlich.« David spürte seine feuchten Hände.

Kahlauer hatte schweigend mitgeschrieben, draußen standen die Polizisten.

»Was ist denn mit der Polizistin? Hat die was abbekommen?«

Kahlauer sah überrascht von seinen Notizen auf. »Die Kollegin ist in der Uniklinik und es sieht im Moment nicht gut aus. Sie hat unter anderem schwerste Kopfverletzungen.« Er strich sich über den Bart, bevor er sich wieder seinem Aufschrieb widmete.

»Wenn Ihnen jetzt nichts mehr einfällt, was uns weiterhelfen könnte, war es das erst mal. Sie müssen ins Präsidium kommen, um Ihre Aussage zu unterschreiben. Wir melden uns. Die Stadt bitte nicht verlassen, ja.« Kahlauer sah ihn an und wies nach draußen. »Dann können Sie jetzt gehen. Schönen Sonntag.«

David ging zwischen den Polizisten hindurch, die ihn feindselig anstarrten. Unter ihnen eine Frau mit Pferdeschwanz. Erst als er in der Straßenbahn saß, sah er sich noch einmal um. In den Nebenstraßen standen noch einzelne Grüppchen, der Platz selbst war leer. Man hatte ihn mit Flatterband abgesperrt, jemand machte Fotos, die Leute vom Ü-Wagen packten zusammen.

Immer wieder hatte er das Bild von Gero vor sich; Gero, der zugeschlagen hatte. Die Erinnerung kribbelte. Warum war er nicht zurückgewichen mit den anderen? Warum hatte er nicht eingegriffen, als Gero erst Fay und dann die Polizistin geschlagen hatte?

David kannte Schlägereien bisher nur aus Filmen. Selbst sein Vater hielt nichts von Gewalt. Als er klein war, rauften manchmal Jungen auf dem Schulhof. Aber David verbrachte die Zeit lieber in der Schulbücherei oder fragte seine Lehrerin aus. Seine Waffe war sein Verstand. Das Kribbeln im Nacken wurde stärker.

Die Härchen an seinen Armen stellten sich auf, wenn er an dieses Bild dachte. Gero, der zuschlug. Ohne Zögern, ohne Reue. Er hatte den Blick nicht abwenden können. Es hatte sich sogar irgendwie gut angefühlt.

Sophie war nicht da, als er zu Hause ankam. Sie würden sich erst wieder Montag Abend sehen. Er war froh, allein zu sein. Was hätte er ihr auch sagen können? Abends saß er stumpf an seinem Schreibtisch. Dann duschte er, doch nicht einmal das prasselnde Wasser konnte seine Unruhe und das dumpfe Dröhnen in seinem Kopf wegspülen. Eine Erkenntnis schlich sich in seinen Verstand: Er hatte gelogen.

Am Sonntag war er erst um 11 auf und setzte sich an seinen Essay über Zizek. Nachmittags klingelte es. Im Treppenhaus stand Kahlauer, zusammen mit einem zweiten Mann.

»Guten Tag, Herr Scherzner. Sie kennen mich noch? Kahlauer, wir hatten gestern schon das Vergnügen.« Er hielt David einen Dienstausweis hin. »Das ist mein Kollege Meininger. Ich hoffe, wir stören nicht. Können wir reinkommen? Wir haben noch ein paar Fragen.«

Der Mann namens Meininger steckte seinen Dienstausweis schon wieder ein, als David sich gefangen hatte. Wortlos öffnete er die Tür, trat zur Seite und starrte die beiden an. Kahlauer und Meininger sahen sich neugierig im Flur um. In Zeitlupe fiel die Tür ins Schloss.

David zeigte auf zwei Stühle am Esstisch und setzte sich auf den dritten. Seine Hände verhakten sich unter dem Tisch ineinander.

»Gehen Sie immer mit einem Schlagring zu einer Demo?«, fragte ihn der neue Polizist unvermittelt. Seine warme Stimme passte so gar nicht zur Frage.

David hielt die Luft an: »Was?«

»Wir haben am Tatort einen Schlagring gefunden. Wir haben den auf Fingerabdrücke untersuchen lassen, zwei Treffer. Und nun raten Sie mal!« Der Polizist machte eine bedeutungsschwangere Pause. »Da sind Ihre Fingerabdrücke drauf.« Kahlauer machte sich schon wieder Notizen.

»Was? Ich habe keinen Schlagring und ich hatte auch gestern keinen dabei. Ich verabscheue Gewalt.« Dabei schauderte es ihn und er spürte wieder dieses Kribbeln im Nacken. Dann stutzte er. »Moment mal, Sie sagten, Sie hätten zwei Treffer. Wessen Fingerabdrücke sind denn noch darauf?«

»Die von Ihrem Freund Böhm.«

»Er ist nicht mein Freund, Herrgott. Wir studieren beide an der Uni, mehr nicht.«

Der Polizist namens Meininger sah ihn regungslos an. David konnte ihn nicht einschätzen.

»David, jetzt mal Scherz beiseite. Auf dem Schlagring sind Ihre Fingerabdrücke und die von Gero Böhm. Wir befragen Sie immer noch als Zeugen, nicht als Tatbeteiligten. Es finden sich nämlich keine Blutspuren unserer Kollegin oder anderer Personen darauf.« Kahlauer sah ihm in die Augen.

Statt wegzusehen, fragte er, wie es der Frau gehe.

»Unverändert, nicht bei Bewusstsein«, sagte Kahlauer.

David atmete hörbar aus und rieb sich seine Fingerknöchel.

»Scheint Ihnen nahezugehen, immerhin.« Meininger warf ihm einen abschätzigen Blick zu. »Wir sind ja hier unter uns, bei Ihnen daheim. Ich frage Sie jetzt nochmal: Sind Sie mit der Absicht auf die Demo gegangen, jemanden zu verprügeln?«

»Nein, natürlich nicht. Ich wollte auf die Demo, um meine Meinung kundzutun. Wie alle anderen auch. Dieser ganze Mist mit online-Vorlesungen, ausgefallenen Seminaren, wochenlang alles zu, Masken tragen, ständig neue Vorschriften. Wir haben einfach genug, wissen Sie. Und das muss man doch sagen dürfen. Es geht hier schließlich um unsere Abschlüsse, um unsere Zukunft. Viele Studenten haben ihre Jobs verloren, aber die brauchen das Geld, wenn ihr Studium weitergehen soll. Das ist doch alles ...« Er hatte sich in Rage geredet und suchte nach dem richtigen Wort. »Das ist doch alles Scheiße.«

»Aber Sie brauchen ja das Geld nicht, oder? Papi zahlt.« Wieder war es Meininger, der ihn ansprach.

»Wenn Sie darauf anspielen, dass meine Familie wohlhabend ist, können Sie sich das sparen. Ich bekomme nur eine geringe Unterstützung von meinem Vater. Und überhaupt, was hat das mit der Demo zu tun? Dürfen Studenten aus reichen Elternhäusern nicht auf die Straße gehen?« David lehnte sich zurück und verschränkte die Arme.

»Ach, wissen Sie. Das ist schon komisch, wenn einer wie Sie gegen ›Impfzwang‹ protestiert. Gehört Ihrer Familie nicht sogar eine Pharmafirma?«

David brodelte innerlich, versuchte aber, sich nichts anmerken zu lassen. »Wir haben mit dem Impfstoff nichts zu tun«, erwiderte er bestimmt.

»Ach, plötzlich heißt es ›wir‹, gerade eben wollten Sie mit Papis Vermögen nichts zu tun haben. Und viel Kontakt zur Familie haben Sie wohl auch nicht«, stellte Meininger kühl fest.

»Was wollen Sie damit sagen? Woher wollen Sie das wissen?« David wischte seine schwitzigen Hände an der Hose ab.

Kahlauer erklärte: »Wir haben uns im Rahmen unserer Ermittlungen natürlich auch mit Ihrem Umfeld befasst.«

»Sie haben Erkundigungen über mich eingezogen? Das ist doch ... gegen diese Polizeistaat-Methoden kann ich wohl sowieso nichts tun.« Er war lauter geworden.

»Ich habe Sie gestern schon einmal gefragt und frage Sie jetzt wieder: Hatte Gero Böhm einen Schlagring dabei? Oder andere Waffen?«

»Nein, ich habe keine gesehen, ich habe auch nicht gefragt. Ich bin gar nicht auf die Idee gekommen. Gero hat auch nichts gesagt. Nochmal, ich bin nicht mit der Absicht dahin, um Leute zu verprügeln. Ich habe nur mein Recht wahrgenommen, meine Meinung kundzutun.« David hatte das Gefühl, nur leere Worthülsen von sich zu geben. Was ist eine Meinung wert, wenn ihr sowieso niemand zuhört? Nur Gerede. Aber was Gero getan hatte ... war eine Tat, er hatte gehandelt. Ein Mann der Tat war er. Nicht wie ich, dachte David. »Träum nicht, Junge.«

»Sie müssen aber auch uns verstehen. Ich merke, wie wütend Sie sind, aber denken Sie mal an unsere Kollegin. Die hat nur ihren Job gemacht. Welche Rechte hat sie? Haben Sie einen Nebenjob oder so?« Kahlauer rieb sich wie am Vortag die Nase.

»Nein, hab ich nicht.« Dann fügte er provozierend Richtung Meininger hinzu: »Ich habe ja einen reichen Papa.«

»Sie haben eine Freundin, oder? Was würden Sie sagen, wenn die von jemandem zusammengeschlagen würde? Gibt ja hier genug Gesocks auf den Straßen.« Als David irritiert seine Augen aufriss, guckte Meininger belustigt. Hatten sie sie etwa ausfindig gemacht, mit ihr gesprochen?

»Welches ›Gesocks‹ meinen Sie denn? Geflüchtete, oder was? Ich glaube, es ist ziemlich unrealistisch, dass die meine Freundin überfallen.«

»Böhm und seinesgleichen glauben das aber.« Meininger kaute auf seiner Unterlippe.

»Was meinen Sie mit ›seinesgleichen‹? Studenten sicher nicht. Viele meiner Kommilitonen engagieren sich in der Geflüchtetenhilfe, bei amnesty oder so.«

»Wenn Sie das sagen. Was wissen Sie denn über die Gruppe Grau? Schon mal gehört?« Meininger kaute immer noch an seiner Unterlippe.

»Ich bin zwar im Asta und kenne die studentischen Gruppen, aber eine Gruppe Grau kenne ich nicht. Ich weiß nicht, wer das sein soll.«

»Wir haben nicht gesagt, dass das eine studentische Gruppe ist«, setzte Kahlauer hinzu.

»Tja, dann kenne ich die erst recht nicht, tut mir leid. Ich bin nirgendwo Mitglied, nicht mal im Sportverein«, meinte David.

»Das glaube ich sofort«, murmelte Meininger und grinste. Kahlauer warf ihm einen schnellen Blick zu.

»Hatten Sie gestern noch Kontakt zu Böhm? Haben Sie ihn angerufen nach der Demo? Oder hat jemand Sie angerufen?«

»Nein, daran habe ich echt nicht gedacht.« David war selbst überrascht, dass er nicht darauf gekommen war.

»Sie haben außerhalb der Uni keinen Kontakt zu Böhm oder seinen Freunden?«

»Nein. Wie schon gesagt, wir hatten ein Seminar zusammen und sind immer mal zusammen in die Mensa.«

»Was war das für ein Seminar?«

»Wenn es Sie interessiert: Das Thema war der Begriff des Proletariats bei Marx.«

Die Männer sahen sich vielsagend an.

»Es war nur das. Wir haben wenig gesprochen, er hat auch kaum über sich erzählt.«

»Herr Scherzner, die Gruppe Grau ist eine bundesweit agierende rechtsextreme Gruppierung, deren Mitglieder schon mehrfach Straftaten verübt haben. Landfriedensbruch und

Widerstand gegen Vollstreckungsbeamte, Körperverletzung. Da ist einiges zusammengekommen. Die Leute gelten als gefährlich. Es wurde auch schon einige Male im Fernsehen über die berichtet. Und Sie als engagierter Student wollen mir erzählen, Sie haben davon nichts gehört?«, fragte Kahlauer. Unter seinem Bart blitzte so etwas wie ein Schmunzeln auf, aber das Lächeln erreichte nicht seine Augen.

David fröstelte. Wenn Gero wirklich so gefährlich war ...

Die Beamten beobachteten seine Reaktion. »Was ist?«

»Ich meine, Sophie, könnte die ...« Er wusste nicht, was er sagen sollte.

»Ich glaube, ich verstehe, was Sie sagen wollen. Sie meinen, Ihre Freundin könnte irgendwie in Gefahr sein? Dass die Rechten auf sie losgehen?«

David nickte.

Kahlauer starrte aus dem Fenster, während David den Blickkontakt zu ihm suchte.

»Ich weiß nicht, wenn Sie sagen, rechtsextreme Gruppe könnten die, ich meine, Sie wissen schon.«

»Sie meinen, Ihre Freundin könnte von denen etwas zu befürchten haben?«

David presste die Lippen aufeinander und schwieg.

»Das ist nicht sehr wahrscheinlich, aber leider auch nicht auszuschließen. Wie konnten Ihre Fingerabdrücke auf den Schlagring kommen?«

David dämmerte etwas. »Ich hatte Ihnen gestern ja schon gesagt, dass Gero mir im Gedränge etwas zustecken wollte. Ich habe es nicht gesehen, aber meinen Sie, das könnte dieser Schlagring gewesen sein?«

»Das ist möglich.« Meininger sah ihn weiter ungerührt an.

»Brauche ich einen Anwalt?« Die Frage war David einfach herausgerutscht.

»Soweit sind wir noch nicht. Im Augenblick werden Sie immer noch als Zeuge behandelt. Es steht Ihnen natürlich frei, anwaltlichen Beistand in Anspruch zu nehmen, wenn Sie glauben, dass Sie das brauchen.« Meininger und Kahlauer waren aufgestanden. Kahlauer legte ihm eine Karte auf den Tisch.

»Sie kommen bitte am Dienstag um 9 Uhr hierher, damit wir Ihre Aussagen zu Protokoll nehmen können.«

David hatte nach der Karte gegriffen, ohne zu lesen, was darauf stand. »Okay.«

»Wir finden raus. Schönen Sonntag noch.« Die Tür fiel ins Schloss.

David blieb in der Küche sitzen. Die Bilder der Demo tauchten wieder auf. Wie Gero zuschlug. Wie Fay am Boden lag. Warum musste sie sich überhaupt einmischen? Wie Gero, der Täter, immer und immer wieder auf diese Polizistin eingeschlagen hatte. Wie er dieses Kribbeln gespürt hatte. Das hatte etwas bewirkt.

Ihm wurde plötzlich übel und er ging rasch ins Bad, aber es kam nichts. Er atmete durch und spülte sich den Mund aus. Als er in den Spiegel sah, erschrak er über sich selbst.

Die Einsamkeit der Wörter

G estochen scharfe Sprache, leuchtend präzise Sätze und eine versteckte Doppelbödigkeit. Jochen konnte den Roman eines jungen afrikanischen Autors gar nicht mehr aus der Hand legen. Nicht einmal das Ruckeln der Straßenbahn störte ihn beim Lesen.

Dann hörte er neben sich:

»Hast du Geschenk mit?«

Jochen seufzte. Er verabscheute Menschen, die falsches Deutsch sprachen, und er verabscheute ungepflegte, übergewichtige Menschen. Da hier beides zusammenkam, krümmte er sich innerlich. Er rückte ganz nah ans Fenster, möglichst weit weg von diesem Mann und seinem Begleiter.

Es gelang ihm nicht mehr, sich auf den Roman zu konzentrieren. Frustriert klappte er das Buch zu. Gehetzt stand er auf und schlängelte sich zwischen den Fahrgästen hindurch, penibel darauf bedacht, niemanden zu berühren, und drückte den Halteknopf. Das letzte Stück zur Buchhandlung konnte er zum Glück zu Fuß zurücklegen.

Auch in der Stadt begegneten ihm wieder mehr und mehr Menschen. Im Grunde hatte er es genossen, dass in den Supermärkten weniger Menschen unterwegs waren, alle Abstand zueinander hielten und sich hinter Masken verbargen. Viel gab es darunter ohnehin nicht zu entdecken. Und Jochen kam auch allein ganz gut klar. So konnte er nicht missverstanden werden und blieb von lärmenden, schnatternden Menschen verschont.

Seit er denken konnte, hatte er Buchhändler werden wollen wie Tante Inge, die Schwester seiner Mutter. Sein Vater nannte sie immer eine »*alte Jungfer*«, wenn er von ihr sprach.

Obwohl Jochen als Kind die Bedeutung dieser Worte noch nicht verstanden hatte, spürte er schon als kleiner Junge, dass darin etwas Lächerliches und Schamhaftes mitschwang. Tante Inge hatte den Grundstock für seine Büchersammlung gelegt, sie hatte ihm vorgelesen. Bereits als Kleinkind krabbelte er in Tante Inges Buchhandlung herum, wenn seine Mutter sie besuchte.

Mit der Berufswahl war der Vater dann natürlich nicht einverstanden gewesen und hatte mit allen Mitteln versucht, den »Bub« davon abzubringen. Sogar in ein Praktikum bei einer Schreinerei hatte er ihn damals gezwungen, wo sie Jochen mitleidig angesehen hatten und er sich deplatziert fühlte. Minderwertig.

Unter den gestandenen Mannsbildern stach er, klein und feingliedrig wie seine Mutter, heraus. Die kräftigen Männer, braun gebrannt von der Arbeit auf Baustellen, muskulös und manche breit wie Schränke standen nach Feierabend mit freiem Oberkörper im Hof der Firma, das verschwitzte T-Shirt hinten in den Bund der Shorts gesteckt, lachend, Bier trinkend. Damals hatte Jochen daran gedacht, wie es wäre, tot zu sein.

Er erinnerte sich, wie der Vater jedes Mal im Streit die Mutter anschrie, sie würde den Buben verzärteln. Seine Mutter, die als Lehrertochter eine höhere Schulbildung als der Vater hatte, blickte dann auf den Boden und sagte nichts. Damals, als Jugendlicher, änderte sich sein Bild von ihr. Er war nicht mehr der kleine Junge, der verzückt der Stimme der Mutter lauschte, wenn sie ihm vorlas und auf deren Schoß er sich geborgen fühlte. Er sah sie mit anderen Augen, machte ihr Vorwürfe, schämte sich für sie. Als Heranwachsender dann verachtete er sie für ihr Schweigen und dafür, dass sie sich nicht wehrte gegen den Vater, der durch Krankheit und Alter immer unduldsamer wurde.

Gehasst habe ich ihn für seine ekelhafte Art.

Der so lang brüllte, bis er schnaufte und rot im Gesicht wurde und mit der fleischigen Hand auf den Tisch schlug. Tante Inge wurde da schon lange nicht mehr zu Familienfeiern eingeladen, nur die Mutter besuchte die Schwester weiterhin.

Ich habe ihr Lachen beim Weihnachtsessen vermisst.

Um dem ungeliebten Vater aus dem Weg zu gehen, hielt er sich am Nachmittag oft bei der Tante im Laden auf, half ihr oder sie unterhielten sich miteinander.

Über Gott und die Welt haben wir geredet.

Immer wieder hatte sie ihm Bücher in die Hand gedrückt und einige knappe Erläuterungen abgegeben.

»Dies wird dir gefallen, sehr spannend und es sind schöne Wörter darin.«

»Lies einmal dies hier, solche Sätze hast du noch nie gelesen.«

»Schau mal, diese Reime sind ganz wunderbar.«

Begleitete er seine Mutter, wenn sie die Schwester besuchte, setzten sich die beiden in den kleinen Aufenthaltsraum und Tante Inge überließ ihm den Laden, während die Schwestern hinten schwatzten und Kaffee tranken. Nur hier hatte er seine Mutter je lachen gehört.

Über die Jahre hatte Jochen sich so aus dem Kinderbuch herausgelesen, in junge Erwachsenenliteratur, in Klassiker und Werke neuer Autoren, in Literatur aus anderen Ländern. *Borges und Garcia Marquez und die Allende.* Als er gegen den Willen seines Vaters die Buchhändlerlehre begann, hatte er zu Papier schon alle Länder der Erde bereist.

Trotzdem brachte die Ausbildung nicht nur Freude. Einmal hatte ihn ein Kunde nach dem Inhalt eines Gedichtbandes gefragt und er hatte entgegnet: »Schauen Sie mal, diese Reime sind ganz wunderbar.«

Der Herr kaufte das Buch schließlich nicht und sein Ausbilder, gleichzeitig der Filialleiter der Buchhandlung, schnauzte ihn an, er möge beim nächsten Mal doch bitte etwas *forscher* verkaufen, mit mehr *Marketing-Power,* das würde sonst nichts werden.

Die meisten Kunden würde es einen Dreck interessieren, ob Reime wunderbar seien – und dabei hatte er seltsam die Stimme gehoben – sondern ob sich ein Titel auf der Bestsellerliste befinde oder im Fernsehen besprochen wurde.

An jenem Abend kehrte Jochen mit zusammengekniffenen Augen in seine kleine Wohnung zurück. Sein Kopf fühlte sich an, als würde ein eiserner Ring seinen Schädel zusammendrücken. Der Zauber vergangener Tage in der Buchhandlung war mit diesem Erlebnis endgültig vorbei.

Es gab niemanden, mit dem er über all das hätte reden können. Tange Inge war damals schon ein Jahr tot. Sie hatte ihm die Wohnung vererbt und sein Vater war auch darüber erzürnt gewesen. Die Mutter versorgte tagein, tagaus den früh zum Pflegefall gewordenen Vater, der mit seinem von Diabetes zerfressenen Fuß im Rollstuhl saß und sich von ihr bedienen ließ. Sie war bei ihm geblieben und Jochen konnte ihr nicht verzeihen, dass sie ihm nie beigestanden hatte gegen diesen Tyrannen. Er besuchte seine Eltern nur selten.

Und noch etwas anderes trübte seinen Traumberuf. Denn in einem hatte der Vater recht behalten: Vom Gehalt eines Buchhändlers ließ sich kaum noch leben und eine Familie konnte man davon überhaupt nicht ernähren, wenn man dies denn wollte.

Doch Jochen musste nur sich selbst versorgen, er lebte allein und war, wenn er es genau bedachte, mit seinen 42 Jahren nun auch eine alte Jungfer wie einst Tante Inge.

In der zehnten Klasse war er in Ella verliebt gewesen. Sie hatte glänzende braune Haare und ebenso braune Augen. Sie war gut in Deutsch, las gerne und war, wie Jochen in der Literatur-AG. Irgendwann hatte er sie angesprochen und Ella hatte sich von ihm einladen lassen. Sie waren ins Café gegangen, auf Konzerte, hatten in der Buchhandlung gestöbert.

Einmal, als ihre Eltern unterwegs waren, hatten sie auf ihrem Bett gesessen und für die nächste Klausur gelernt, als Ella ihn plötzlich geküsst hatte.

Er war vollkommen überrascht und hatte ihren Kuss nicht erwidert. Sie hatte ihn angelächelt und dann ihre Hand unter sein T-Shirt geschoben, doch er hatte sie abgewehrt. Es hatte sich eklig angefühlt. Ihre Lippen auf seinen, ihre Hand auf seinem Bauch. Irgendwie hatte er sich damals aus der Situation gewunden, aber es hatte die Beziehung zu Ella verändert.

Ab da vermied er, mit ihr allein zu sein, besuchte sie nicht mehr. Ella war sehr lieb gewesen, wollte ihm Zeit lassen, wie sie damals gesagt hatte. Aber es änderte sich nichts. Sie machte noch ein paar zaghafte Annäherungsversuche, aber Jochen fand die Berührungen unangenehm. Ella war zunächst traurig gewesen, mit der Zeit hatten sie sich immer seltener getroffen. Eines Tages hatte sie ihm gesagt, dass sie einen Freund hätte und sich nicht mehr mit ihm treffen wolle.

Für Jochen war es ein Schlag. Er hatte sich ganz in sich zurückgezogen. Er hatte nie mit jemandem darüber gesprochen, hätte nicht einmal gewusst, mit wem. Über so etwas sprach man nicht in der Familie. Auch mit Tante Inge hatte er nie über solche Sachen gesprochen.

In der Buchhändlerschule waren lauter progressive und offene Leute, es war eine gute Gemeinschaft. Alle fühlten sich ein bisschen verschroben, ein bisschen klüger und belesener als der Rest der Menschheit. Sie lasen die abstrusesten Bücher und diskutierten die Nächte durch.

Damals freundete er sich mit Frank an, fast der einzige Freund, den er hatte. Ihm vertraute er sich damals an. Frank hatte ihn geradeheraus gefragt, ob er schwul sei. Jochen war sich nicht sicher. Eigentlich fühlte er gar nichts. Er mochte nicht angefasst werden, er hasste Umarmungen und das ganze Gebussel bedeutete ihm nichts. Ob bei Männern oder Frauen, das war egal. *Was habe ich verpasst? Was ist los mit mir? Mit Gefühlen habe ich mich immer schwer getan.*

Er betrat den dunklen Laden durch die Sicherheitstür, schaltete die Alarmanlage aus und die Hauptbeleuchtung an. Still war es, die abgestandene Luft roch staubig nach Wochen geschlossener Türen. Während er im Vorbeigehen an einem Tisch einen Stapeltitel zurechtrückte, spürte er so etwas wie Erleichterung. Auf dem Kassentresen fand er Notizen mit Arbeitsanweisungen und Material von seinem Chef. Jochen klebte neue Plakate an die Eingangstüren.

»Wir sind wieder für Sie da!«

Darunter war zu lesen, dass die Öffnungszeiten wegen Personalmangels eingeschränkt seien und der Laden daher mittags schloss. Dazu der allgegenwärtige Hinweis auf die Maskenpflicht.

Jochen stellte ein Tischchen an der Tür auf und platzierte den Spender mit Desinfektionsmittel darauf. Dass er allein war, machte ihm nichts aus. Er verräumte zunächst die wenige Ware. Nur wenige Kunden kamen heute in die Buchhandlung und oft grüßten sie kaum. *Warum trugen Frauen Stiefel mit kleinen Täschchen daran? Und erst ihr Make-Up!*

Den Blick starr auf ihre Mobiltelefone gerichtet, streckten ihm manche Kunden dann den winzigen Bildschirm entgegen, ohne ihn dabei direkt anzusehen. Darauf prangte dann der Buchtitel irgendeiner Influencerin oder das Kochbuch eines B-Promis. Zwei Stammkundinnen kamen vorbei, freuten sich, dass wieder geöffnet war, und blätterten hier und da in einer Neuerscheinung, kauften aber nichts.

Heute fragte niemand nach einem Roman, geschweige denn nach einem Klassiker. Diese Titel verkauften sich nur selten, meistens zur Weihnachtszeit, wenn ältere Herrschaften einen *Klassiker* für die Enkel verlangten. *Die immer gleiche*

Leier: »Ist Ihr Chef nicht da? Na ja, ich weiß nicht, ob Sie sich auskennen, vom Hesse, den müssen Sie ja kennen, ja, ja, ja ...«

Jochen wusste schon beim Einpacken, dass diese *Klassiker* nie gelesen würden. Fast noch trüber sah es bei der Lyrik aus. *Niemand bemüht sich mehr, mitzudenken. Was sollen die mit »Abschließend« von Eich? Oder Achmatowa? Das kapiert doch heute keiner mehr.*

Nur rotwangige Mädchen in bauchfreien Tops kauften sie noch hin und wieder. Und ab und an verirrte sich moderne Instagram-Lyrik in die Regale. Die gleichen Mädchen kauften erst Jane Austen in Schmuckausgaben und einige Zeit später Virginia Woolf, wenn sie entdeckt hatten, dass sie nicht nur Heirat und schöne Kleider, sondern auch ein eigenes Zimmer haben wollten. Vielleicht sogar ein eigenes Leben.

Wie gern hätte er nach den Wochen des Schweigens wieder einmal mit jemandem ein richtiges Gespräch geführt, mit ganzen Sätzen, mit Fragen und Antworten, mit Tiefgang. Stattdessen blätterte er durch das Branchenmagazin und blieb an einem Artikel hängen. Ein Journalist, der ansonsten für ein Wirtschaftsblatt schrieb, ließ sich darüber aus, wie kompliziert doch die deutsche Sprache sei und wie viel »Schnickschnack« wir uns leisteten und dass andere Länder auch ohne drei Artikel auskämen. Menschen aus anderen Ländern würden das Deutsche daher *effektiv* benutzen, wenn sie die Artikel wegließen, schrieb er. Jochen warf das Branchenblatt mit Schwung in den Papierkorb.

Ein Herr in gut sitzendem dunkelblauem Anzug betrat schnellen Schrittes den Laden, sah sich kurz um und kaufte einen historischen Roman, den er sich als Geschenk einpacken ließ. Er bedankte sich freundlich. Über der Maske strahlten

Jochen Lachfältchen neben tiefdunklen Augenringen an. *Dieses Jahr hatte bei allen seine Spuren hinterlassen. Selbst bei denen, die sich Maßanzüge leisten können.*

Gegen Mittag verschlechterte sich seine Laune zusehends, nachdem eine Gruppe von Jugendlichen lärmend durch den Laden rauschte. Sie steuerten gezielt das Regal mit den Mangas an und ließen sich laut über die Titel aus. Jochen ging zu ihnen und ermahnte sie in scharfem Ton, gefälligst die Masken richtig aufzusetzen. *Verdammt, mit euch muss ich Umsatz machen.*

Obwohl sie ihm gehorchten, lachten sie, als Jochen zum Kassentresen zurückging. Natürlich begleitet vom obligatorischen »Digger« und »Alter«. *Ich hasse diesen Jargon.*

Schließlich kaufte jeder von ihnen zwei, einer sogar drei Bände der japanischen Comics. Dabei hatten sie aber ein heilloses Durcheinander in der Abteilung hinterlassen. Jochen presste die Kiefer unter der Maske fest aufeinander, als er eine halbleere Colaflasche in den Müll warf.

Er griff in seine Hosentasche. Wie immer versteckte sich dort ein dunkelblaues Moleskine, in dem er seltene oder vergessene Wörter notierte oder Wendungen, die ihm besonders gut gefielen. Zu Hause warteten auch mehrere Bände zum Thema auf ihn, wie das *Lexikon der verbrannten Wörter, das Wörterbuch des Rotwelschen, Abenteuer Sprache.*

In den letzten Monaten waren die schönen Wörter aber neuen sperrigen Begriffen gewichen. Deren Bedeutung erschloss sich einem oft ebenso wenig wie schlecht übersetzte Bedienungsanleitungen. Als Jochen in seinen letzten Notizen blätterte, erschrak er. Mittlerweile starrten ihn statt der schönen Wörter nur noch die schrecklichen Begriffe an, die durch die Nachrichten geisterten:

Durchseuchung (erinnert mich fatal an die Sprache der Nazis! Bei Klemperer nachschauen!)
R-Wert
Vakzin
Nachweisschwelle
Maskenpflicht
Sterilium (klangvoll/ unheilvoll zugleich)
PCR-Test
MRNA

Die Arbeit im Buchhandel unter erschwerten Bedingungen hatte in dem Büchlein ebenfalls Spuren hinterlassen:

Multichannel-Marketing (»neudeutscher« Schwachsinn)

Während er die Liste durchlas, erinnerte er sich an die einsamen Momente in seiner Wohnung. Nur selten hatte er mit seiner Mutter telefoniert, noch seltener mit einem Freund. Ab und an hatte er den Nachbarn im zweiten Stock Bücher ausgeliehen. Die meiste Zeit war er allein gewesen. *Eigentlich ist das zu wenig für ein Leben. Eigentlich habe ich nichts. Und die Zukunft?*

Es gab nur seine Bücher und ihn. Ein Radio, einen Fernseher. Zu oft hatte er ihn in den Wochen der Einsamkeit eingeschaltet, die Nachrichtensendungen verfolgt und dabei all diese neuen Wörter aufgeschrieben, die sich in die Alltagssprache geschlichen hatten. Die Begriffe waren wie aus dem Nichts aufgetaucht, hatten eine Schneise in die Sprache geschlagen. Brachial wie eine Planierraupe.

Es gab eine Zeit vorher und die Zeit heute.

Wenn es ums Überleben ging, blieb kein Platz mehr für den *Dreikäsehoch*, den *Bandsalat*, niemandem war mehr *blümerant* und *abkupfern* tat sowieso keiner mehr, heute hieß das *copy-and-paste*. Man musste geschlechtsneutral von den *Auszubildenden* sprechen, durfte zum Lehrling nicht einmal mehr *Stift* sagen, was Jochen aber gerade im Buchhandel für sehr passend hielt. »*Stift, komm mal bitte.*« Er hatte die Stimme seiner Tante immer noch im Ohr. Viele Wörter waren durch Anglizismen verdrängt. Dabei ist unsere Sprache doch so reich, dachte er. Wozu brauche ich einen Brunch, wenn es schon immer ein *Gabelfrühstück* gab?

Jochen sperrte den Laden für die Mittagspause zu. Es war ein warmer Tag und er schwitzte in seinem Jackett und den Lederschuhen. Was aber niemand außer ihm selbst bemerkte. Lustlos ging er durch die wenig belebte Fußgängerzone. Dann hinunter zum Fluss, der die Stadt durchschnitt und setzte sich auf seine Lieblingsbank, gleich neben der Brücke. Um diese Zeit war hier niemand. Sein Brot aß er ohne Appetit und schaute in die Gegend, ohne etwas zu sehen. Zu Füßen der Bank hatte man Kiesel verteilt und zwischen den Bänken jeweils einen jungen Baum gepflanzt, der in einigen Jahren, dann hoch gewachsen, Schatten spenden sollte. Gedankenverloren scharrte er mit dem Schuh in den Steinen, griff diesen und jenen und stopfte sich damit die Taschen voll.

Während er die Steine befühlte, erinnerte er sich an ein Gespräch mit der Tante, als er damals *Narziss und Goldmund* und *Unterm Rad* gelesen hatte. In den Büchern hatte er sich wiedererkannt und sich eine Weile von Tante Inge sogar Hans Griebenrath nennen lassen, was sie amüsiert getan hatte.

Ich kann die Welt nicht mehr entziffern, dachte Jochen. Er starrte auf das schnell fließende Wasser, gesprenkelt von Sonne. Er nahm sein Büchlein aus der Hosentasche. Mit den Fingern strich er über die vertraute Oberfläche, die weich gewordenen Ecken, ließ die Seiten einmal aufblättern und warf es ins Wasser.

Keine Vögel über Abdan

Badih war schmächtig, als die Kämpfer in ihr Dorf kamen. Es war eigentlich kein Dorf, nur wenige Häuser in der Nähe von Keshandeh. In einem wohnte er mit seiner Mutter und seinen Geschwistern, im anderen der Onkel mit seiner Familie. Sie besaßen eine Ziege, die Milch gab. Seine Mutter backte Brot im Ofen und er griff ordentlich zu, wenn es Palau mit Rosinen und Nüssen gab. Fleisch gab es nur selten.

Obwohl es keine Schule gab, wurde Badih nie langweilig. Oft spielte er mit seinen Geschwistern, während seine Mutter der Tante half. Manchmal schlichen sie sich ins Haus des Onkels, wo ein vergilbter Zeitungsausschnitt an der ansonsten kahlen Lehmwand hing, und taten so, als könnten sie lesen. Darauf blickten sie große Figuren an, die aus einem Berg herausgehauen waren. Ein Foto zeigte einen friedlich aussehenden Steinmann mit geschlossenen Augen, auf dem anderen war die Steinfigur zerstört.

Seit er denken konnte, malte Badih auch. Anfangs versuchte er, die Figur mit dem Stock in den Sand zu zeichnen – bis der Onkel es ihm verbot. Aber am liebsten malte er sowieso die kleinen Vögel, die in den Bäumen und Sträuchern saßen, oder seine Schwester Liah oder die Ziegen in der Gegend. Einmal hatte er einen großen Greifvogel gesehen, der mit einer

Maus im Schnabel dicht über die Häuser hinwegflog. »Ein Goldadler«, hatte der Onkel gesagt, als er ebenfalls hinaufsah. Manche Vögel flogen oft viel höher über ihr Dorf auf ihrem Weg in die Welt. Er konnte sie kaum erkennen.

Alle paar Wochen holperte auch ein Lastwagen durch ihr Dorf. Nur selten hielt einer an. Die staubige Piste war kaum auszumachen.

Als er Schüsse, dann Schreie, wieder Schüsse und das Quietschen von Bremsen hörte, saß er mit seinen Geschwistern bei der Ziege hinter dem Haus. Dem aggressiven Brummen nach mussten Fahrzeuge auf dem kleinen Dorfplatz zum Stehen gekommen sein. In der Ferne konnte er Dröhnen und das Aufheulen von Motoren hören.

Badih bedeutete seiner Schwester und seinem Bruder, bei der Ziege zu bleiben. Dabei strich er Liah über den Kopf. Ihre Haare waren so viel weicher als seine, die pechschwarz und wild vom Kopf abstanden. Dann lief er nach vorn, um zu sehen, wer den Lärm verursachte.

Als er vorsichtig um die vordere Ecke bog, stoppte ihn ein Mann mit Gewehr.

»He, he, he!«, schrie der Fremde und funkelte ihn aus dunklen Augen an.

Badih schluckte und wich an die Hauswand zurück. Er sagte: »Ich hab nichts, ich bin Badih.«

Der Mann stierte ihn an, dann stieß er ihn unvermittelt mit der Faust gegen die Brust und brüllte: »Du bist nichts, du bist Hazara, das ist alles, was du bist.«

Badih traten Tränen in die Augen. Er rang nach Atem, so fest hatte der Mann ihn gestoßen.

»Wo ist dein Vater, he?«, fragte der Mann und hob die Faust.

»Mein Vater ist tot.«

»Ha, dann kommst du mit.« Der Mann griff nach seinem Arm und zog ihn mit.

»Nein, meine Mutter und meine Geschwister ...« Noch bevor er weitersprechen konnte, traf eine flache Hand sein Gesicht.

»Du wagst es, Nein zu sagen, Hazara?«

Als Badih ein Zupfen an seinem Bein spürte, wanderte sein Blick nach unten. Liahs kleine Finger hatten sich fest in den Stoff seiner Hose gekrallt.

»Liah, nicht ...«

Seine Schwester schüttelte energisch den Kopf.

»Badih! Mitkomm!«

Der Mann packte das Mädchen an seinen dünnen Armen und schleuderte es hoch in die Luft.

Er schrie! Er sah, wie ihr Körper gegen die Hauswand schlug. Ein Schlag traf ihn von hinten und es wurde dunkel.

Als Badih wieder zu sich kam, spürte er andere Körper neben sich, eine Hand fuhr ihm über das Gesicht.

»Badih?«, flüsterte sein Bruder Abed.

Der harte Boden unter ihm vibrierte. Ihm war übel. Als er die Augen öffnete, sah er in das gerötete Gesicht seines Bruders. Unter seiner Nase klebte verkrustetes Blut. Als er sprach, bemerkte Badih, dass ihm zwei Zähne fehlten.

»Badih, die Mutter und unsere Geschwister ...« Er weinte still und wischte sich mit dem staubigen Ärmel die verquollenen Augen.

Badih richtete sich etwas auf. Sie saßen auf der Ladefläche eines Pick-ups, er und die anderen Jungen aus seinem Dorf. Alle machten sich so klein wie möglich, hielten den Blick gesenkt und starrten vor sich hin. Manche weinten, fast alle hatten blutige Gesichter, aufgesprungene Lippen. Wohin fuhren sie? Badih blickte in den Himmel. Er war noch nie woanders gewesen als in seinem Dorf. In der Ferne rauschten Berge vorbei, die ihm so fremd erschienen wie der Zeitungsausschnitt im Haus seines Onkels.

Gegen Abend hielten sie neben einigen Häusern. Die zwei Männer sprangen aus dem Wagen und verschwanden in einem Haus. Einer blickte sie finster an, während er einem Kämpfer mit buschigem Bart folgte. Sie sprachen Paschtu miteinander. Erst als er sich ganz aufrichtete, sah Badih, dass um sie herum mehrere Autos, Jeeps und Pick-ups standen. Auf deren Ladefläche saßen Jungen wie sie, in den Autos lauerten noch mehr Männer mit Bärten, alle hatten Gewehre.

Als die beiden wieder aus dem Haus kamen, trugen sie zwei Wasserkanister und hatten die Arme voller Brot. Sie unterhielten sich leise. Der Mann mit dem Wasser öffnete die Heckklappe und winkte sie wie Vieh nach unten.

»Erledigt euer Geschäft, aber schnell.« Er deutete in Richtung Straßenrand, wo Gestrüpp wuchs und ein halb abgestorbener Baum stand. Die Jungen liefen geduckt über die Straße und verteilten sich zwischen den stacheligen Sträuchern. Der finster Dreinblickende folgte ihnen, das Gewehr in der Hand, Brot kauend.

Dort, wo Badih und Abed hockten, war der Boden sandig und ausgedörrt. Während ihr Urin dünne Rinnsale bildete, sah Badih zum Himmel hinauf. Weit oben konnte er einen

Vogel kreisen sehen. Als der Mann sich näherte, zog er schnell seine Hose zurecht und Abed tat es ihm gleich. Mit gesenktem Kopf gingen sie stumm zum Jeep zurück. Zusammen mit den anderen kletterten sie auf die Ladefläche und drängten sich in die Ecken. Abed kratzte sich an dem großen Muttermal an seinem Fuß und Badih wusste, dass es ihm wehtat. Der Mann mit dem buschigen Bart hatte am Wagen gewartet. Er stellte einen der Kanister auf die Ladefläche und warf ihnen einige Brote hin, nach denen sie schnell griffen.

Badih und sein Bruder hatten Glück, sie konnten sich eines teilen und gaben dem kleinen Burhan noch etwas ab. Sie fuhren in die dunkler werdende Nacht. Badih musste eingeschlafen sein, denn er schrak hoch, als der Wagen zum Stehen kam. Es war finster, der Sternenhimmel breitete sich über ihnen aus. Badih fand, dass der Himmel wie ein Tuch mit glitzerndem Muster aussah. Ein Tuch, wie es die Frauen zur Hochzeit über ihre Haare zogen. Ein Brautschatz.

Der Fahrer sagte ihnen, sie sollten schlafen, morgen früh ginge es weiter. Neben dem Wagen tauchten zwei andere Männer auf, jeder trug zwei Gewehre über den Schultern. Argwöhnisch beobachteten sie die Jungen. Das waren wohl ihre Bewacher für die Nacht. Badih und Abed schmiegten sich aneinander. Bald waren sie eingeschlafen.

Am nächsten Tag fuhren sie weiter und am nächsten auch. Badih wusste nicht, wo sie waren. Er wusste nur eins: Indem die Männer sie ihren Familien weggenommen hatten, waren sie nun ihre Gefangenen. Jeden Tag fuhren sie auf staubigen Straßen durch unbekannte Gegenden, entfernten sich weiter von ihrer Heimat.

Jeden Abend hielten sie irgendwo an und lagerten für die Nacht. Die Jungen mussten die Wagen putzen, die Latrinen in den Dörfern säubern, die Häuser kehren, in denen sie übernachteten. Die Kämpfer ließen die Jungen für sich arbeiten, als Gegenleistung für Essen und Unterkunft.

Einmal winkten sie Badih heran und einer der Männer zeigte ihm, wie er ein Gewehr auseinandernehmen und reinigen konnte. Er stellte sich dabei wohl geschickt an, denn von da an musste Badih regelmäßig die Waffen putzen, immer beaufsichtigt von einem der Männer. Aber sie waren vorsichtig. Allein ließen sie ihn selten und Munition sah er nie.

Er sprach nie mehr mit ihnen, als unbedingt nötig. Sie hatten deutlich gezeigt, wie sie zu Hazara standen, und Badih und die anderen Jungen sprachen nur Dari oder Hazaragi, kein Paschtu. Da er kleine Hände hatte und sich gut anstellte, bekam er wenigstens keine Schläge.

Aber das Wichtigste für die Männer waren die Gebete. Sie hatten sie in den ersten Tagen mit Schlägen gezwungen, an den Gebeten teilzunehmen, jetzt taten sie das nicht mehr. Die Jungen hatten sich gefügt, einige mehr, einige weniger, aber alle nahmen am Gebet teil.

Da Badih sich ruhig verhielt beim Reinigen der Waffen und über die Tage eine seltsame Routine eingekehrt war, entfernten sich die Männer manchmal von ihm, aber er wusste, dass ihn immer einer im Blick hatte. Also machte er weiter stumm seine Arbeit, säuberte mit einem Tuch kleine Metallteile, fuhr mit einer Art Bürste durch die Gewehrläufe, steckte alles zusammen und dachte an seine Zeichnungen im Sand. Seit er mit den Männern unterwegs war, hatte er nur einmal etwas in den Sand gezeichnet: Einen kleinen Vogel, braun und gesprenkelt, der auf einem Ast saß und ihn neugierig beäugte. Doch dann war einer der Männer gekommen und er verwischte die Zeichnung schnell.

Wenigstens bekamen sie Wasser und Brot, manchmal Lammfleisch und Reis und sein Bruder war bei ihm.

An Liah konnte er nicht denken. Nur nachts schob sich seine kleine Schwester in seinen Kopf. Er sah sie im Traum, mit wehenden Haaren, ein dunkles Sternentuch umgebunden, lief sie lachend mit ihm um die Wette.

Dann wachte er auf und sah in den dunklen Himmel, hörte die anderen neben sich atmen.

An einem Morgen winkte ihn der Kämpfer, den alle Abdul nannten, zu sich. Er gab Badih eine Pistole. »Siehst du? Da liegen Steine auf dem Mäuerchen. Kannst du schießen? Los, versuche es!« Er sprach Dari mit ihm.

Badih zögerte, aber der Mann knuffte ihn in die Seite. Also hob er den Arm und zielte, wollte den Abzug drücken.

Aber Abdul schüttelte den Kopf. Er packte ihn, bog seinen Arm in eine und seine Beine in eine andere Richtung, trat gegen seinen Fuß und erklärte ihm, wie er den Stein anvisieren sollte. Dann forderte er ihn auf, es zu versuchen.

Badih bemühte sich, zu tun, was Abdul ihm gezeigt hatte und schoss. Ein ohrenbetäubender Knall scheuchte irgendwo ein paar Vögel auf, der Rückstoß der Waffe riss seinen Arm nach oben.

Alle Steine lagen noch da. Der Mann lachte heiser. Grimmig gab er ihm einen Klaps auf den Hinterkopf.

»Nimm die in beide Hände, mach es so.« Er führte es ihm vor. »Spann deine Arme an. Los, noch mal.«

Badih drückte ab und sein Ziel, ein kleiner Stein, sprang davon. Er hatte getroffen. Da der Mann ihn anwies, jetzt die anderen Steine von dem Mäucherchen zu schießen, schoss Badih wieder und wieder. Bis er alle traf.

Danach nahm Abdul ihm die Pistole ab, griff in einen Beutel, den er bei sich trug und gab ihm eine getrocknete Dattel, bevor er weglief. Badih betrachtete die Dattel und schloss seine Finger um den süßen Schatz. Er ging zu dem Haus, in dem er und die anderen Jungen nachts schliefen und setzte sich zu seinem Bruder.

»Hier.« Er gab ihm die Dattel, die sein Bruder, ohne zu zögern, in den Mund steckte.

»Danke, Bruder«, sagte er, während er kaute und lächelte.

»Woher hast du die?«

»Einer der Männer hat sie mir gegeben. Der, den sie Abdul nennen. Er hat mich mit einer Pistole schießen lassen. Jetzt tut mir der Arm weh.«

Am Abend, als sie sich zum Schlafen hingelegt hatten, sah Badih wieder einmal durch das Fensterloch ins Dunkle. Burhan schnarchte leise neben ihm.

»Wie lange sind wir schon von zu Hause weg?«, fragte sein Bruder leise.

Badih antwortete nicht gleich.

Der Mond war einmal rund geworden, dann ganz schmal und wurde jetzt wieder rund.

»Fast zwei Monate, vielleicht bin ich schon 13«, sagte Badih nachdenklich und schlief ein.

Von da an musste er immer wieder mit Abdul schießen. Er blieb auch der einzige Junge, der die Waffen reinigen durfte.

Wenn Abdul mit ihm übte, stellte er ihm manchmal Fragen. Wie viele Geschwister? Ob er lesen könne. Ob er schon einmal fremde Soldaten gesehen hätte. Solche Sachen.

Meistens sagte er die Wahrheit, manchmal aber log er auch.

Seine Schwester erwähnte er nicht. Und auch von fremden Soldaten wollte er nichts erzählen. Nicht von damals, als sein ältester Bruder Ahmed mit hohem Fieber im Bett lag und der Jeep mit ausländischen Soldaten in ihr Dorf gekommen war. Ein Afghane war bei ihnen und übersetzte für sie.

Nichts davon, wie seine Mutter damals auf den Dorfplatz lief und weinend auf den Mann einredete. Der erklärte den Ausländern, dass hier ein Junge sehr krank sei, worauf einer der Fremden einen großen Rucksack nahm und zusammen mit der Mutter und dem Übersetzer ins Haus ging. Badih erinnerte sich, dass dieser fremde Mann helle Augen gehabt und ihm freundlich auf die Schulter geklopft hatte. Als er Ahmed untersuchte, machte er ein ernstes Gesicht. Der Fremde hatte die Mutter angesehen und mit Händen und Füßen erklärt, dass er den Bruder mitnehmen wolle. Ahmed müsse schnell behandelt werden. Die Mutter weinte, als die Ausländer seinen Bruder auf den Jeep luden und davonfuhren.

Einige Wochen später kamen sie zurück. Ahmed stieg aus einem der Jeeps aus, er hatte neue Kleidung an und sah gesund aus. Er hatte Badih damals grinsend geknufft und ihm einen Beutel mit Nüssen und Rosinen gegeben. Der Mutter gab er Milchpulver und Mehl. Dann sagte er, dass er bei den Soldaten bleiben wolle, er könne dort arbeiten. Badih hatte das damals nicht genau verstanden. Er war nur sehr traurig, als die Jeeps mit seinem Bruder davonfuhren. Die Mutter hatte vor dem Haus gestanden und geweint.

Seinen Bruder hatte er seitdem nicht wiedergesehen. Einmal noch war der Übersetzer mit anderen Männern ins Dorf zurückgekehrt und hatte der Mutter gesagt, die Soldaten hätten Ahmed mit in ihr Land genommen. Dass es ihm gut ging. Aber das alles behielt Badih für sich.

Wie er die Pistolen und Gewehre reinigte, mussten auch die anderen Jungen arbeiten, wenn sie anhielten. Als Gegenleistung dafür, dass die Menschen in den Häusern sie für ein paar Nächte beherbergten. Abed, so kam es Badih vor, behandelten sie etwas besser. Er musste nicht die Latrine putzen, nur den getrockneten Dung der Ziegen einsammeln.

Deswegen gab er sich auch besondere Mühe mit den Waffen und dem Schießen. Er machte Fortschritte und traf bald sicher das Ziel. Immer öfter nun ließ man ihn beim Reinigen allein. Aber wohin hätte er auch gehen sollen? Er wusste ja nicht einmal, wo sie waren. Afghanistan war ein großes Land und niemals würde er seinen Bruder im Stich lassen.

Auch wenn die Jungen tagein, tagaus die gleiche Routine erlebten, lauerte die Angst unter jedem Stein. Sie übernachteten in einem Ort namens Abdan, wie Abdul am Vorabend erwähnt hatte. Da wurden sie durch Schüsse geweckt. Badih und die anderen Jungen schreckten hoch. Sie liefen aus dem Haus und sahen, dass Hamid zwischen den niedrigen Büschen auf der anderen Seite des Platzes lag.

Einer der Kämpfer, ein großer Mann mit breiter Nase und einer Narbe im Gesicht, war hinter ihm hergelaufen, packte ihn jetzt an einem Bein und schleifte ihn zurück auf den Platz. Hamid wimmerte und hinterließ eine Blutspur im Sand. Der Mann ließ ihn liegen, jetzt waren auch die anderen

Kämpfer herbeigelaufen, unter ihnen Abdul, der die Augen zusammenkniff.

Der Mann, der neben Hamid stand, brüllte etwas auf Dari, fuchtelte mit dem Gewehr herum und trat mit dem Fuß gegen den Jungen, der sich nicht bewegte.

Badih und die anderen Jungen hatten furchtbare Angst, mit weit aufgerissenen Augen, dicht zusammengedrängt standen sie da. Der kleine Burhan weinte. Badih und sein Bruder hielten sich fest an den Händen und die ganze Gruppe schien die Luft anzuhalten, als der Mann mit dem Gewehr dreimal auf Hamid schoss. Jedes Mal zuckte der kleine Körper.

Abed erbrach sich auf seine nackten Füße.

»Seht!« Der Mann brüllte, deutete auf ihren toten Freund und auf sie.

Die Jungen wichen zurück, rannten in ihren Unterschlupf. Keiner sagte ein Wort, nur Burhan weinte immer noch leise. Sie verkrochen sich in ihre Ecken und hörten, wie die Männer draußen erregt miteinander sprachen. Badih meinte, Abduls Stimme zu hören, konnte aber nicht verstehen, was er sagte. Sie blieben den ganzen Tag dort, keiner der Männer kam sie holen. Sein Magen knurrte, doch irgendwann waren er und die anderen Jungen eingeschlafen.

Motorengeräusche weckten Badih am nächsten Morgen. Er wälzte sich herum, sein Bruder musste schon aufgestanden sein, denn sein Platz war leer. Er hatte einen fauligen Geschmack im Mund und trank einen Schluck Wasser aus dem Kanister in der Ecke. Badih gähnte. Böse Träume, in denen ihn ein riesiger Mann an seinem Bein durch die Luft schleuderte, hatten ihn verfolgt. Jetzt fiel ihm auch Hamid wieder ein.

Langsam ging er zur offenen Tür und sah hinaus. Sie mussten ihn weggebracht haben, der Platz war leer bis auf die Blutspur und zwei bewaffnete Wachen.

Burhan stellte sich neben ihn. »Wo ist Hamid?«, fragte er leise.

»Hamid ist tot. Er ist weg.«

»Wann können wir wieder nach Hause?«

»Das weiß ich nicht«, sagte Badih und sah, wie Abdul sich ihrer Hütte näherte. Schnell gingen er und Burhan wieder hinein, hockten sich auf den Boden.

»Aufstehen, mitkommen. Los, los«, schrie Abdul. Er schien wütend zu sein.

Die Jungen liefen mit gesenkten Köpfen hinter ihm her. Er ging mit ihnen zu dem größten Haus, vor dem schon die Männer mit den restlichen Jungen warteten.

Badih konnte Abed nirgends entdecken. Sein Bauch zog sich zusammen.

»Badih, was machen die mit uns? Ich habe Angst, ich will nicht sterben.« Burhan wimmerte leise und Badih nahm seine kleine Hand.

Der Mann mit der Narbe, der Hamid erschossen hatte, trat vor die Jungen.

»Ihr habt gesehen, was passiert, wenn ihr abhauen wollt. Dann erschießen wir euch. Wir haben einen wichtigen Auftrag und keine Zeit, immer auf euch aufzupassen. Ihr werdet uns beweisen, dass ihr zu uns steht, dass ihr nicht fliehen werdet, verstanden?! Wer von euch kann schießen?«

Badih fixierte den Sand unter seinen Füßen und regte sich nicht.

»He, du da. Abdul sagt, du kannst schießen.«

Der Mann packte ihn brutal am Arm und zog ihn aus der Gruppe heraus.

»Du wirst uns beweisen, dass du loyal bist. Du für alle anderen. Dann werdet ihr hoffentlich lernen, dass es keinen Sinn hat, sich zu wehren. Klar?«

Während er sprach, umklammerte er Badihs Arm. Brutal zog er ihn mit sich. Die Männer waren beiseitegetreten, und Badih sah, dass drei Vermummte vor einer flachen Senke knieten. Man hatte ihnen Burkas übergezogen, wie Frauen. Sie reichten bis zum Boden, aber Badih konnte erkennen, dass die drei zitterten und nicht größer waren als er selbst. Drei Jungen, da war er sich sicher, drei von ihnen. Ihm wurde kalt.

Der Mann neben ihm, der Hamid erschossen hatte, drückte ihm eine Pistole in die Hand.

»Erschieß sie«, sagte er.

Badih stand da, mit der Pistole in der Hand und sah den Mann stumm an. Die drei Jungen bewegten sich kaum. Wahrscheinlich waren Hände und Füße gefesselt. Ob die Männer sie auch geknebelt hatten?

»Los, mach schon!« Er schlug ihm gegen den Kopf.

Badih hob zitternd den Arm und machte es so, wie Abdul es ihn gelehrt hatte. Er atmete ein und aus. Dann zielte er auf den ersten Jungen und drückte ab. Der Körper fiel zu Boden. Badih liefen jetzt Tränen über das Gesicht.

»Mach weiter, los.« Der Mann schlug ihn wieder, aber Badih spürte keinen Schmerz.

Er blinzelte und schoss.

Als der Körper zu Boden fiel, rutschte die Burka ein Stück nach oben und Badih erkannte das Muttermal am Fuß seines Bruders.

Er ließ den Arm sinken und würgte, doch der Mann schlug ihn wieder und schrie:

»Los, mach weiter.«

Da legte Badih erneut an und erschoss auch den dritten Jungen.

Der Mann entriss ihm die Pistole, drehte sich zu den anderen Jungen um und rief: »Wenn nochmal einer versucht zu fliehen, werden wieder drei von euch dafür büßen. Habt ihr verstanden?« Dann ging er einfach davon.

Badih ließ sich in den Sand fallen und starrte auf die toten Jungen, auf seinen Bruder, den er erschossen hatte. Er wischte sich mit der Hand die Tränen weg und schmeckte Blut im Mund.

Es war Abdul, der die Jungen zurück in ihren Unterschlupf brachte. Drei Jungen mussten zurückbleiben und die Toten in der Senke verscharren. An ihrem Unterschlupf angekommen drückte ihm Abdul eine Dattel in die Hand und ging wortlos davon.

Badih gab Burhan die Dattel und hockte sich in die Ecke. Den ganzen Tag saß er da und starrte aus dem Fenster. Von Zeit zu Zeit wischte er sich die Tränen weg. Er starrte in den blassen Himmel. Es gab keine Vögel im Himmel über Abdan. Als es dämmerte, kam Abdul zurück, gab jedem Jungen ein Brot und eine Dattel und verschwand.

Badih konnte nichts essen, rutschte an der Wand hinunter und schloss die Augen. Sollten die anderen Jungen sein Essen nehmen, es war ihm egal.

»Abed, mein Bruder«, war das Letzte, was er dachte, bevor der Schlaf ihn davontrug.

»Badih, aufwachen. Sie wollen losfahren, wir müssen auf die Autos steigen.«

Es war Burhan, der ihn weckte. Als er die Augen öffnete, streckte ihm Burhan Brot und die Dattel entgegen. Badih setzte sich auf, nahm die Dattel und kaute mechanisch auf ihr herum. Seine Zunge fühlte sich taub an, seine Lippe schmerzte. Dann stand er wacklig auf.

»Nimm dein Brot, sonst denken sie, ich habe es gestohlen und erschießen mich«, sagte Burhan ängstlich.

Badih nahm das Brot und folgte Burhan und den anderen nach draußen. Niemand sagte etwas, doch Burhan hatte wieder seine Hand genommen.

Auf dem Platz standen viele Jeeps. In der Nacht mussten noch andere Kämpfer zu ihnen gestoßen sein. Überall zwischen den Autos unterhielten sich Männer mit Gewehren. Sie wuselten wie Ameisen hin und her, sprachen lauter als sonst.

Er entdeckte Abdul, der auf die Jungen zukam und sie zu einem der Pick-ups trieb. Sie kletterten hinauf, auf der Ladefläche standen schon zwei Kanister mit Wasser und ein Beutel mit Brot. Als die Klappe zufiel, stieg Abdul neben dem Fahrer ein.

Alle Wagen setzten sich in Bewegung. Angehalten wurde nur für die Gebete und um ihr Geschäft zu verrichten. Dann wurden auch die Jeeps aus Kanistern betankt und sie fuhren weiter bis zum Abend.

Badih sprach nicht mehr. Die anderen Jungen warfen ihm verstohlene Blicke zu, mieden ihn, nur der kleine Burhan setzte sich auf der Ladefläche neben ihn und als sie das Brot verteilten, gab er seinem Freund die Hälfte seines Laibes. Obwohl Badih noch immer keinen Hunger hatte, schlang er Burhan zuliebe ein paar Bissen hinunter.

Sie übernachteten wieder in einem Haus, dessen Besitzer die Männer gut zu kennen schienen. Nachdem den Jungen ein Raum zugewiesen worden war, brachte man ihnen Lammfleisch mit Reis. Keiner wusste, was er sagen sollte. Badih nahm einen Schluck Wasser aus einem der Kanister, als er Abdul hereinkommen sah.

»He, mitkommen.« Er winkte ihn zu sich.

Die anderen Jungen waren instinktiv ein Stück abgerückt und beobachteten Badih. Auch Burhan saß mit offenem Mund da, Tränen in den Augen.

Langsam stand Badih auf und ging mit gesenktem Kopf zur Tür. »Wenn sie mich wieder jemanden erschießen lassen«, dachte er, »erschieße ich mich selbst.« Er blickte kurz zu den anderen Jungen. Keiner von ihnen fehlte.

Abdul nahm ihn am Arm und schob ihn in den nächsten Raum. Dort stand der Besitzer des Hauses mit seinen Verwandten. Sie redeten nicht, starrten ihn nur an. Ein jüngerer Mann, vermutlich einer der Söhne des Hausbesitzers, beugte sich zu einem Alten hinunter, den Badih zuerst nicht gesehen hatte. Er half ihm auf und Badih sah, dass der Alte stumpfe weiße Augen hatte und viel älter war als sein Onkel. Der Jüngere musste ihn stützen.

Zahnlos murmelte der Greis etwas, was Badih nicht verstand, nur »Allah« hatte er herausgehört. Der Hausbesitzer senkte den Kopf, der alte Mann murmelte etwas, dann streckte er seinen zitternden, dürren Arm aus und zeigte auf Abdul und ihn. Als er wieder anfing, etwas zu murmeln, senkte auch

Abdul den Kopf und zwang Badih mit seinem eisernen Griff, sich ebenfalls zu verbeugen.

Was passiert hier, fragte er sich.

Der Jüngere half dem Greis, sich wieder hinzusetzen.

Abdul und der Besitzer des Hauses, ein dicklicher Mann mit dichtem Bart, schoben Badih aus dem Raum. Die Jungen, die er für die Söhne hielt, folgten ihnen. Je weiter sie den Gang entlangliefen, desto deutlicher hörte er ein Schluchzen. Am Ende des Ganges drückte der Mann eine Tür auf.

Sie stießen Badih in den Raum. Auf einem Lager saß eine in eine Burka gehüllte Gestalt. Der dicke Mann, der hinter ihn getreten war, brüllte sie wütend an, worauf sie noch mehr schluchzte. Dann schlug er ihn auf den Rücken, sodass er ein Stück nach vorn stolperte, rief wieder etwas, was Badih nicht verstand, und ging schimpfend hinaus.

Er hörte, wie die Tür von außen abgeschlossen wurde. Unschlüssig stand er da, machte dann einen Schritt auf die Gestalt zu. Sie presste sich voller Angst an die Wand. Badih setzte sich ans Ende der Matte, so dass ein Abstand zwischen ihnen war. Auch er lehnte sich gegen die Wand. So brauchte er das verhüllte Mädchen, denn unter der Burka steckte zweifellos ein Mädchen, nicht anzusehen.

Einige Momente saßen sie so da, bis Badih schließlich sagte: »Ich heiße Badih.«

Wieder schluchzte das verhüllte Mädchen.

»Warum weinst du? Warum haben sie uns hier eingeschlossen?«

Das Schluchzen hörte auf und aus der Burka drang ein Flüstern. »Haben sie dir das nicht gesagt? Sie haben uns verheiratet.«

Ungläubig starrte Badih auf das Mädchen. »Sie haben uns verheiratet?«

Die Leere, die seit dem Schuss auf seinen Bruder in seinem Kopf pochte, fühlte sich unerträglich an. Auch diese Situation änderte nichts daran.

Sie schluchzte wieder. Und da Badih nichts zu sagen wusste, saßen sie einfach weiter da. Sie lauschten den Stimmen der Männer von draußen, von der Straße drangen Motorengeräusche herein und in der Ferne glaubte er Schüsse zu hören.

»Ich heiße Ellaha. Meine Mutter nennt mich Ava.« Die Worte kamen gedämpft unter der Verschleierung hervor.

»Ich heiße Badih«, sagte er noch einmal.

»Woher kommst du?«, fragte sie.

»Mein Dorf ist in der Nähe von Keshandeh.« Die Erinnerung an seine Heimat, die vertrauten Häuser, tat weh.

»Du bist ein Hazara?«, fragte sie zögernd.

»Ja, Du sprichst Dari. Deine Familie ist also auch Hazara?!«, entgegnete er.

»Meine Mutter ist eine Hazara. Mein Vater nicht. Er hat sie gekauft, da war sie noch ganz jung.«

Wieder schwiegen sie.

»Wie alt bist du, Badih? Weißt du das?«

»Ich glaube, ich bin 13. Wie alt bist du?«

»Ich bin auch 13.«

Wieder rauschte Stille zwischen ihnen, während die Geräusche von draußen langsam abebbten.

»Warum haben sie uns eingeschlossen? Wohin sollten wir schon gehen«, sagte er, mehr zu sich als zu dem Mädchen. »Am Ende erschießen sie uns doch«, fügte er leise hinzu.

Er spürte ihr Zögern.

»Meine Mutter hat mir von Männern und Frauen erzählt.«
Erneut hielt sie inne. »Wir müssen beweisen, dass ich noch bei
keinem Mann war«, sagte sie schließlich.

Er wusste nicht, wovon sie sprach. »Wie sollen wir das
beweisen?«

»Mein Vater wird mich schlagen und wahrscheinlich erschießen sie dich«, sagte Ellaha. Es klang verzweifelt. »Weißt
du nicht, was der Mann mit der Frau tut, wenn sie verheiratet
sind?«, fragte sie ihn jetzt und wendete ihm den verschleierten
Kopf zu.

Er sah das Mädchen an. Er hörte sie atmen. Versuchte das
Gitter vor ihren Augen zu durchdringen. Er wusste es nicht.
Zwar erinnerte er sich an Andeutungen, die er in Gesprächen
der Männer seines Ortes gehört hatte, aber bisher hatte er
damit nichts anfangen können. Er schüttelte den Kopf und
sah auf seine Hände.

Hände, die zeichnen konnten, Hände, mit denen er seinen
Bruder erschossen hatte.

Auf der Fahrt hierher, die ihm eine Ewigkeit her zu sein
schien, hatte er in die staubige Landschaft gestarrt und nichts
gesehen. Keinen Vogel. Nur karge Landschaft, Straße, aufge-
wirbelten Staub, in der Ferne manchmal grüne Hügel und
Bäume. Er versuchte, sich an die Vögel zu erinnern, die er
in den Sand gezeichnet hatte, aber es gelang ihm nicht. Den
kleinen Braun-Gesprenkelten. Den mit dem weißen Bauch
und langem Schwanz.

Er sah immer nur das Gesicht seines Bruders. Für einen
Moment schloss er die Augen.

Draußen war es still geworden. Er wusste nicht, ob im Gang
vor der Tür jemand Wache hielt.

»Was sollen wir tun«, fragte er Ellaha flüsternd, deren Mutter sie Ava nannte, doch er erhielt keine Antwort. An ihren regelmäßigen Atemzügen erkannte er, dass sie eingeschlafen sein musste. Ava gefällt mir besser, dachte er.

Badih erwachte aus einem dumpfen und traumlosen Schlaf. Jemand schluchzte. Langsam öffnete er die Augen und sah sich um. Schlagartig war er wach. Er war verheiratet worden mit diesem Mädchen, Ellaha.

Sie mussten etwas beweisen, doch ihm knurrte der Magen und er konnte sich nicht erinnern, was es war.

»Badih, was werden sie mit uns tun«, fragte sie weinend.

Er wusste es nicht. Plötzlich waren Stimmen zu hören, dann Schritte auf dem Gang, die vor der Tür Halt machten. Jemand drehte den Schlüssel.

Badih setzte sich auf, Ellaha neben ihm presste sich an die Wand und weinte. Er sah, wie sie zitterte.

Es war Abdul, der schnell hereinkam. Er packte Ellahas Fuß, streifte mit der anderen Hand die Burka nach oben und Badih sah Ellahas nacktes Bein. Es war über und über mit wulstigen Narben bedeckt. Sie schluchzte jetzt heftig.

Abdul schob sie grob beiseite und zog das Laken unter ihr ein Stück hervor. Er holte ein kleines Messer hervor, ritzte in Ellahas Bein, woraufhin sie erschrocken japste, steckte die Klinge wieder ein und tupfte ein paar Tropfen Blut auf das weiße Laken. Dann riss er den Streifen ab. Er zog die Burka eilig herunter, als sich Schritte näherten.

Abdul erhob sich, eilte zur Tür und rief etwas auf Paschtu. Er schwenkte den rotgefärbten Stofffetzen und übergab ihm dem Hausbesitzer, Ellahas Vater. Dieser sagte etwas zu ihr, während er eine wegwerfende Handbewegung machte. Dann bedeutete er ihr, aufzustehen und ihm zu folgen. Sie stand unsicher auf, humpelte zur Tür, wobei sie ihn ein letztes Mal ansah, und folgte ihrem Vater.

Auch Badih war aufgestanden.

»Komm mit, wir fahren los«, sagte Abdul und ging eilig nach draußen.

Badih folgte ihm. Er hatte immer noch keine Ahnung, was das alles sollte.

Unter den Männern herrschte angespannte Unruhe. Über Nacht waren noch mehr Autos angekommen. Manche davon sahen so aus wie die, mit denen die fremden Soldaten einst seinen Bruder Ahmed mitgenommen hatten. Von ein paar Jeeps zielten fest montierte Maschinengewehre in das Gelände. Dann standen da noch einige Lastwagen, auf denen Munitionskisten neben weiteren Männern lagerten.

Etwas entfernt sah er eine Gruppe Kämpfer stehen, in ihrer Mitte ein kleiner Mann mit ernstem Gesicht. Er sprach zu den Männern, die eifrig nickten und unterstrich seine Rede mit entschiedenen Gesten. Er sprach jetzt immer lauter, aber Badih verstand nur das »Allah«.

Anscheinend gab er das Zeichen zum Aufbruch, denn er rief etwas und warf dabei seinen Kopf so energisch zurück, dass die Pakol, die traditionelle Kappe, ein wenig verrutschte. Die Männer nickten und hatten es nun eilig, zu ihren Wagen zu kommen. Der kleine Mann ging ebenfalls zu einem Jeep, dessen Fahrer nur auf ihn gewartet hatte.

Die Wagen setzten sich in Bewegung. Inmitten des Konvois auch Badih und die anderen Jungen, die auf der Ladefläche des Pick-ups saßen. Diesmal steuerte Abdul ihn selbst. Immer wenn johlende Kämpfer auf Jeeps sie überholten oder Lastwagen ihnen entgegen bretterten, hüllte eine Staubwolke sie ein. Vor ihnen und hinter ihnen feuerten Männer in die Luft und winkten den anderen Fahrzeugen zu. Auch der junge Kämpfer auf dem Beifahrersitz ihres Pick-ups lehnte sich aus dem Fenster, hielt sein Gewehr in die Luft und feuerte ein paar Schüsse ab, dabei rief er »Allahu Akbar«. Bei jedem Schuss zuckte Badih zusammen.

Nach und nach tauchten immer mehr Gebäude am Straßenrand auf. Als Badih über den Rand der Ladefläche spähte, entdeckte er am Horizont Rauchschwaden über einem Meer von Häusern, die sich bis zu den umliegenden Hügeln hinaufzogen.

Plötzlich stieg darüber etwas auf, das wie ein riesiger schwarzer Vogel aussah. Aber es war kein Vogel. Badih hatte, wenn er die wenigen Vögel in seinem Dorf beobachtete, oft die winzig kleinen Flugzeuge gesehen, die weiße Streifen hinter sich herzogen. Manchmal hatten sich die Streifen verschiedener Flugzeuge gekreuzt und hinterließen ein schönes Muster am Himmel, das er dann in den Sand zeichnete. Der eiserne Vogel heute aber zeichnete keine Muster. Stattdessen umschwirrten ihn kleine, summende Fliegen. Das mussten Hubschrauber sein, von denen ihm sein Onkel erzählt hatte.

Nun kamen ihnen auch immer mehr Fahrzeuge entgegen. Kleinbusse und Jeeps, beladen mit Menschen und Habseligkeiten, Busse und Lastwagen. Es wurde gehupt und in die Luft geschossen. Badih duckte sich wieder tief auf die Ladefläche.

Abdul schien immer langsamer zu fahren, während sie sich der großen Stadt näherten. Als sie im Konvoi weiter und weiter zurückfielen, fing der junge Mann auf dem Beifahrersitz an zu schimpfen. Er fuchtelte herum und wollte Abdul sogar ins Lenkrad greifen, doch der ältere Kämpfer fuhr unbeeindruckt weiter. Mittlerweile waren sie fast die Letzten. Plötzlich tauchte neben ihnen ein Jeep auf, dessen Fahrer etwas herüberrief. Abdul antwortete ihm und schloss mit »Allahu Akbar«. Der andere Fahrer grinste, beschleunigte und raste weiter.

Der Kämpfer auf dem Beifahrersitz schimpfte weiter. Bis ein Schuss fiel. Der Kopf des jungen Mannes lehnte nun still an der hinteren Scheibe, während sein Gewehr aus dem offenen Fenster ins Nichts starrte. Er brüllte nicht mehr.

Die Jungen wurden herumgeschleudert, als der Wagen ruckartig seine Richtung änderte und in eine Gasse zwischen alten und verrammelten Häusern einbog. Abdul griff zur Beifahrertür hinüber und öffnete sie. Er stieß den jungen Kämpfer mitsamt seinem Gewehr hinaus, so dass dieser auf den staubigen Boden fiel.

Badih traute sich kaum zu atmen. Was passierte hier?

Abdul schlug die Tür wieder zu, drückte auf das Gas und fuhr weiter auf der Nebenstraße.

Nachdem sie hupend einige kleine Kreuzungen passiert hatten, wurden die Häuser größer. Vorsichtig schaute Badih über die Kante der Ladefläche. Er blickte in alle Richtungen, doch keines der anderen Fahrzeuge war ihnen gefolgt. Vor ihnen sah er, wie einige Frauen in langen Gewändern eilig vor dem heranrasenden Wagen flüchteten. Als der Wagen die Stelle erreicht hatte, wo die Frauen links und rechts verschwunden waren, bremste Abdul hart. Er sprang aus dem Wagen, öffnete die hintere Klappe und bellte, sie sollten heruntersteigen. »Schnell, schnell.«

Burhan griff instinktiv nach Badihs Hand.

»Haut ab«, brüllte Abdul jetzt, »geht wieder nach Hause. Geht in die Richtung zurück, aus der wir gekommen sind. Geht zur Hauptstraße und haltet ein Auto an. Macht, dass ihr wieder zu euren Familien kommt. Los, verschwindet.«

Einige waren schon losgelaufen, da rief Abdul ihnen hinterher und warf ihnen einen Beutel mit Brot zu, den einer der Jungen schnell aufhob, bevor er weiter rannte.

Auch Badih und Burhan wollten gehen.

»Du nicht!«, rief Abdul und zeigte auf Badih. »Komm her, du.« Er boxte Burhan, der ängstlich zurückwich und Badih mit feuchten Augen ansah. »Lauf los, Kleiner, verschwinde.«

»Geh, Burhan. Ich komme schon zurecht.« Auch Badih weinte jetzt.

Burhan wischte sich die Tränen weg und rannte los, den anderen Jungen hinterher.

»Los, steig ein«, forderte ihn Abdul auf.

Badih ging zur Beifahrertür und stieg ein. Seine Arme und Beine fühlten sich taub an. Abdul würde ihn erschießen, wenn er jetzt weglief. Auf dem Sitz war Blut. Bevor Badih den Türgriff losgelassen hatte, setzte sich der Wagen schon in Bewegung und er wurde in den Sitz gedrückt.

Abdul beschleunigte und jagte den Wagen weiter in Richtung Stadt. Er umklammerte das Steuer und stierte nach vorne.

Auch Badih sah nur geradeaus. Langsam bewegten sich seine Finger wie von selbst wieder zum Türgriff. »Vielleicht bin ich gleich tot«, dachte Badih.

Abdul packte seinen Arm. Mit der anderen lenkte er und schaute weiter nach vorne. »Hast du schon einmal Ausländer gesehen?«, fuhr er ihn an und packte Badihs Arm so, dass es schmerzte. »Hast du schon einmal ausländische Soldaten gesehen? Los, antworte mir.«

Er schluchzte jetzt. Machten Wahrheit und Lüge überhaupt noch einen Unterschied?

»Los, antworte mir, habe ich gesagt.« Er riss an Badihs Arm.

»Mein Bruder Ahmed war krank und die Ausländer haben ihn mitgenommen in ihr Lager, um ihm zu helfen. Er kam nicht zurück, sondern ist bei ihnen geblieben. Ich glaube, sie haben ihn mitgenommen in ihr Land.«

»Waren das amerikanische Soldaten?«, fragte Abdul.

Der Junge sah ihn mit großen Augen an. Woher sollte er das wissen?

»Waren das Amerikaner? Oder waren das Deutsche? Antworte mir! Hatten ihre Fahnen Sterne oder nur Streifen?«

»Da war ein Übersetzer dabei, der hatte drei Streifen am Arm. Ich glaube, Gelb und Rot und dann noch Schwarz.«

Abdul ließ seinen Arm los. Er beschleunigte weiter, bog rechts ein, dann wieder links und fuhr weiter, als plötzlich vor ihnen über den Häusern ein Flugzeug in den Himmel stieg. Viel näher als vorhin. Das Flugzeug war riesig, gewann schnell an Höhe, zog eine lange Kurve und verschwand in der Ferne. Abdul fuhr weiter. In einer kleinen Straße bremste er, setzte zurück und fuhr mit dem Pick-up in eine Lücke zwischen zwei kleinen Lagerhallen. Dort waren sie allein.

Er nahm seinen Turban ab und zog auch die Weste aus. Dann steckte er eine Pistole in den kleinen Beutel, den er immer bei sich trug und stieg aus. Das Gewehr ließ er im Wagen. »Los, komm, steig aus.«

Badih gehorchte, seine Beine zitterten.

»Wir müssen weiter.« Abdul ging schnellen Schrittes in Richtung der Flugzeuge.

»Hör mir gut zu und sprich mir nach: ›Mein Bruder hat für Deutsche gearbeitet. Nehmt mich mit.‹ Sag es!« Abdul hatte die Worte in einem seltsamen Singsang ausgesprochen.

Der Junge verstand kein Wort. Woher konnte Abdul diese Sprache?

»Los, sprich mir nach: ›Mein Bruder hat für Deutsche gearbeitet. Nehmt mich mit.‹ Los jetzt!«

Badih versuchte, die fremden Wörter auszusprechen. Hektisch blickte sich Abdul um.

»Nein, nochmal. ›Mein Bruder hat für Deutsche gearbeitet. Nehmt mich mit.‹ Los.«

Badih wiederholte die Wörter und Abdul drängte ihn, sie wieder und wieder aufzusagen. Derweil hetzten sie durch Straßen, die sich belebten, in denen nun überall Menschen um sie herumwuselten. Badih sah Frauen ohne Verschleierung in weiten Hemden und Hosen, einen Schal locker um den Kopf geschlungen. Kleine Mädchen und Jungen, die am Straßenrand spielten, Männer, die aufgeregt miteinander redeten. Keiner achtete auf sie.

Abdul beugte sich zu ihm herab. Er sprach leiser, so dass die Menschen, an denen sie vorbeiliefen, nicht verstehen konnten, was er sagte.

»Ja, so wird es gehen. Jetzt nochmal auf Englisch: ›My brother worked for Germany, take me with you, please.‹ Los, wiederhole es.«

Badih sagte leise auch diese Wörter auf. Wieder und wieder übte er den Satz. Noch immer, ohne zu wissen, was sie eigentlich bedeuteten. Die Straße, auf der sie liefen, hatte sich mit immer mehr Menschen gefüllt. Im Vorbeigehen sah ein älterer Mann zu ihnen herüber und sagte: »Die Taliban kommen.«

»Ja«, sagte Abdul, »sie kommen«, und ging weiter. Badih hatte Mühe, mit ihm Schritt zu halten.

Sie suchten Lücken in der Menschenmenge und quetschten sich schwer atmend hindurch. Manche schauten nur und unterhielten sich, einige strebten aber wie Abdul und der schmale Junge mit den großen Augen dem Flughafen zu.

Sie bogen rechts in eine Straße ein, während die meisten anderen weiter geradeaus Richtung Mauer liefen. Abdul schien genau zu wissen, wo er hinwollte. Zielstrebig zog er Badih mit sich, bis sie selbst nicht mehr weit von der Mauer entfernt waren. Er sah im Laufen auf ihn hinunter. »Wiederhole die Wörter noch einmal.«

Er tat, was Abdul wollte. Dann fragte er: »Wohin bringst du mich?«

»Ich bringe dich zum Flughafen, wir sind gleich da.«

Mehr sagte er nicht und der Junge traute sich nicht, weiter zu fragen. Als sie der Mauer immer näher kamen, entdeckte Badih den Stacheldraht darauf. Die Mauer war viel zu hoch, da würde er niemals drüberkommen, dachte er. Abdul blieb an der Ecke stehen und spähte vorsichtig in die Straße, dann drehte er sich zu ihm um.

»Da ist ein Posten, da kommt man auf den Flughafen. Wir gehen jetzt da hin. Tu, was ich dir sage, dann wird dir nichts passieren. Sage die Sätze, die ich dir beigebracht habe, es wird schon alles gut werden, so Allah will.«

»Aber was machen wir? Wo bringst du mich hin?«

»Ich bringe dich zu den Ausländern. Die sollen dich mitnehmen.«

Badih machte große Augen. »Warum?« fragte er.

»Ich hatte auch einen Sohn«, sagte Abdul. Dann lief er um die Ecke.

Der Junge folgte ihm. Etwas weiter vorn sah Badih ausländische Soldaten und Afghanen mit Gewehren, die ein Tor in der Mauer bewachten. Eine kleine Menschenmenge stand dort, Männer, Frauen und Kinder und alle schienen zum Flughafen zu wollen. Abdul drängelte sich am Rande der Menschenmenge hindurch und zerrte den Jungen nun hinter sich her. Die anderen Wartenden murrten und schimpften, doch Abdul schien das nicht zu kümmern.

»Stopp!« Einer der Afghanen mit einem Gewehr stellte sich ihnen in den Weg. Abdul redete leise auf ihn ein. Erst schüttelte der Mann mit dem Kopf, doch Abdul redete weiter, hob die Hände zum Himmel. Der Mann resignierte und winkte einen ausländischen Soldaten heran.

Der Mann, der einen Mundschutz aus Papier trug, kam heran und Badih erkannte an seiner Uniform dieselbe Fahne, wie sie die Männer gehabt hatten, die einst seinen Bruder mitgenommen hatten. Der Soldat sagte etwas in gebrochenem Paschtu zu Abdul, der antwortete jetzt eindringlich und deutete dabei auf den Jungen. Er faltete seine Hände, redete auf den fremden Soldaten ein. Schließlich bedeutete dieser ihm, zu warten, und ging weg.

Abdul sah Badih an, seine Augen blitzten. »Wenn man dich gleich fragt, sag, was ich dir beigebracht habe.«

Als der Soldat mit einem älteren Soldaten zurückkam, verbeugte Abdul sich und schob Badih vor sich. Der neue Mann in Uniform sprach ebenfalls schlechtes Paschtu und befragte Abdul. Wieder faltete der seine Hände und deutete auf Badih. Schließlich sah der Mann den Jungen an und Abdul stubste ihm in die Seite.

Badih starrte zurück und wiederholte die Sätze, die Abdul ihm beigebracht hatte. Der Mann nickte nachdenklich. Dann drehte er sich um und ging zu einem Unterstand, in dem ein Soldat vor einem Gerät saß. Er nahm das Funkgerät und sprach mit jemandem, dabei blickte er zu ihnen herüber.

Der Mann kam zurück. Er wechselte ein paar Worte mit Abdul, der dessen Hände ergriff, an seine Stirn hielt und sich verbeugte. Der Mann entzog sie ihm eilig und sagte etwas zu dem anderen Soldaten. Beide Männer sahen Badih an, der Jüngere streckte ihm die Hand hin. Der Junge blickte fragend zu Abdul. Der nickte ihm zu und sagte: »Geh mit ihm, du bist jetzt in Sicherheit.« Dabei lächelte er und sah zum ersten Mal nett aus. Er hatte Abdul noch nie lachen sehen.

Badih streckte zögernd den Arm aus und ergriff die Hand des Soldaten. Seine Beine bewegten sich mechanisch vorwärts. Nach ein paar Schritten drehte er sich noch einmal um, doch Abdul war nicht mehr zu sehen. Er war in der Menschenmenge verschwunden.

Der Junge blickte zurück, während der Soldat ihn wegführte. Tränen liefen ihm über das Gesicht. Er lief mit gesenktem Kopf neben dem Fremden her, der immer noch seine Hand hielt. Schließlich wagte er doch, den Kopf zu heben. In der Ferne standen zwei Flugzeuge, über ihnen kreiste ein Hubschrauber. Der Soldat ging mit ihm zum nächsten großen Flugzeug, vor dem einige Uniformierte standen. Ein Soldat mit grauen Schläfen und ein Mann ohne Uniform kam ihnen entgegen. Der Soldat, der ihn hergebracht hatte, ließ seine

Hand los, salutierte vor dem anderen und sprach mit den beiden Männern. Dann sah er Badih ernst an und ging zum Tor zurück. Der Mann ohne Uniform sagte:

»Dein Bruder hat für die Deutschen gearbeitet und ist jetzt in Deutschland? Der Mann, der dich hergebracht hat, hat gesagt, du seist von den Hazara. Dann verstehst du Dari, richtig?«

Badih sah ihn stumm an und nickte. Dann seufzte er und sagte leise: »Ihr habt ihn mitgenommen, als er krank war. Er kam nicht zurück und der Übersetzer sagte meiner Mutter, ihr hättet ihn in euer Land gebracht.«

»Wie heißt du?«

»Badih.«

»Wie heißt deine Familie? Wo wohnt deine Familie?«

Badihs Unterlippe begann zu zittern und die beiden Männer wechselten einen Blick.

»Meine Familie ist tot. Wir lebten in Keshandeh. Mein Vater heißt Massari.«

»Wie heißt dein Bruder?«

»Ahmed, mein Bruder heißt Ahmed Massari. « Er stieß die Worte hervor und schluchzte. Er dachte an Liah, die durch die Luft flog wie ein Vogel, an seinen Bruder Ahmed, der nicht wiedergekommen war, und an Abed.

Der Ältere legte ihm die Hand auf die Schulter, während er ihn auf Dari beruhigte. »Na, na, schon gut. Wenn dein Bruder in Deutschland ist, werden wir ihn schon finden.« Der General sah sein Gegenüber entschlossen an.

»Herr General, ich will nicht unhöflich sein, aber das wird nicht so einfach gehen. Das könnte ziemlichen Ärger geben. Sicherheitsrisiko, Visum, Sie wissen schon ...«

»Ich nehme in vier Monaten meinen Abschied. Den Ärger riskiere ich.« Er legte den Arm um Badih und lächelte ihn freundlich an. »Komm. Ich hoffe, du magst Flugzeuge, denn wir nehmen dich jetzt mit nach Deutschland. Mit dem großen Vogel da, siehst du?«

Zu dritt gingen sie mit ihm zu dem riesigen Flugzeug, in das Soldaten gerade Kisten einluden und in dem sogar ein Jeep stand.

Badihs Magen grummelte. Er hatte immer noch Angst, aber noch ein anderes Gefühl machte sich in ihm breit. So etwas wie hier hatte er noch nie gesehen. Er machte große Augen, als er zwischen den umhereilenden Männern auch Frauen in Uniform entdeckte. Mit offenem Mund starrte er sie an, während die beiden Männer ihn die Laderampe hinauf in das Flugzeug führten. Sie setzten Badih auf einen Sitz an der Seite und schnallten ihn mit Gurten fest.

Der Ältere hockte sich vor ihn hin und sagte: »Ich muss jetzt einiges erledigen, aber nachher komme ich wieder. Du brauchst keine Angst haben. Wolfgang wird schauen, ob wir irgendwo etwas zu essen für dich auftreiben. Du musst hungrig sein. Wir sind bald zurück, verstehst du? Keine Angst, du bist jetzt in Sicherheit.« Er lächelte und ging mit dem anderen Mann fort.

Nach kurzer Zeit kam der Mann, den der Soldat Wolfgang genannt hatte, zurück. Er streckte ihm verschiedene Tüten und eine Wasserflasche entgegen. »So, hier habe ich Brot und hier Wasser, in der Tüte sind Nüsse und Rosinen.«

Auch wenn sein Dari nicht so gut wie das des Älteren war, verstand ihn Badih gut. Der Mann lächelte, drehte sich um und verschwand im Inneren des Flugzeugs.

Badih holte aus der Tüte drei kleine runde Brote. Er biss hinein und aß eines ganz auf. Während er kaute, sah er sich vorsichtig um. Fast alle Soldaten hatten Papiermasken vor dem Gesicht. Hin und wieder sah einer der Soldaten zu ihm herüber. Manchmal lächelten sie, das konnte er an den Augen sehen, manche schauten ernst und machten ihre Arbeit. Andere sprachen miteinander. Das Flugzeug war jetzt fast voll, vor und hinter dem Jeep waren jede Menge Kisten aufgestapelt. Badih sah, dass das Flugzeug sogar eine Leiter hatte, die nach oben führte. Oben war ein Geländer. Gerade, als er hinaufschaute, erschien dort ein Soldat mit einem Helm auf dem Kopf und rief den anderen etwas zu.

Alle arbeiteten nun noch schneller, riefen sich zu und liefen hin und her, um jede Kiste festzumachen. Draußen am Fuß der Rampe tauchten noch mehr Soldaten mit Gewehren und großen Rucksäcken auf, auch sie stiegen ein. Badih drückte die Tüte mit den Brötchen und die übrigen Sachen fest an sich. Seine Hand zitterte.

Der Mann, der ihm das Essen gebracht hatte, war wieder da. Er sah, wie Badih die Tüte mit den Brötchen und die übrigen Sachen umklammerte und sagte: »Keine Angst, die Gewehre werden jetzt weggepackt, dann setzen sich alle hin und bald fliegen wir los.«

Die Soldaten verstauten ihre Rucksäcke und die Waffen und belegten die Sitze auf der gegenüberliegenden Seite. Zwei setzten sich auf die Seite, auf der Badih bereits saß. Wolfgang ging zu ihnen hinüber und wechselte ein paar Worte mit ihnen. Der eine Soldat, eine Frau, sah zu ihm herüber. Sie lächelte freundlich und winkte herüber, bevor auch sie eine Maske aufsetzte.

Badih wusste nicht, was er tun sollte und so schaute er sie nur an. Jetzt salutierten alle und als er sich umdrehte, war der Ältere wieder da. Er lächelte Badih im Vorbeigehen zu und ging zur hinteren Rampe.

Draußen hielt ein Auto mit quietschenden Reifen. Eine Frau und ein Mann in westlicher Kleidung stiegen aus, dann kletterten auch zwei Kinder aus dem Wagen. Der Fahrer und der Mann holten einige Koffer aus dem Kofferraum. Der ältere Soldat begrüßte die beiden, dann beeilten sich alle, in das Flugzeug zu kommen. Das Auto raste davon. Soldaten verstauten die Koffer und Taschen neben den Kisten und Kästen.

Ein Dröhnen erklang und das Flugzeug vibrierte. Der Mann schnallte schon die beiden Kinder auf den Sitzen fest, auch seine Frau hatte sich bereits angeschnallt, während sie noch mit dem General sprachen. Alle machten ernste Gesichter, die Frau und die Kinder sahen aus, als hätten sie geweint. Jetzt ging alles sehr schnell. Die Rampe hob sich nach oben und das Flugzeug setzte sich in Bewegung. Es dröhnte immer mehr und der Sitz unter Badih vibrierte.

Links neben ihm hatte sich jetzt der Mann namens Wolfgang hingesetzt. »Es geht los«, rief er Badih zu. Er war kaum zu verstehen.

Der Ältere kam jetzt zu ihnen und setzte sich auf der rechten Seite neben ihn.

»So, Badih, wir fliegen jetzt nach Deutschland. Wir werden ziemlich lange fliegen, etwa 14 Stunden. Iss erst einmal was und wenn du müde bist, dann schlaf ruhig. Wenn wir in Deutschland sind, wissen wir vielleicht schon mehr über deinen Bruder.«

Badih nickte nur. Er kaute an dem zweiten kleinen Brot, als das Flugzeug beschleunigte. Mit beiden Händen hielt er die Sachen auf seinem Schoß fest. Er hatte ein komisches Gefühl im Kopf und im selben Moment hob das Flugzeug ab und er wurde zur Seite gedrückt, gegen den Älteren, der ruhig dasaß und Badih beobachtete.

»Ist alles gut? Ist dir schlecht? Das ist gleich vorbei.«

Badih nickte erst, dann schüttelte er den Kopf, aber schlucken konnte er dann doch nicht.

Das Flugzeug stieg höher und höher und Badih versuchte, sich die Ohren zuzuhalten. Die Bänder, mit denen die Ladung befestigt war, knarzten, aber dann neigte es sich wieder nach vorn und Badih konnte wieder befreit atmen und schlucken. Das ohrenbetäubende Dröhnen war jetzt einem lauten Sausen gewichen.

Der Ältere löste seinen Gurt und auch andere Soldaten hatten ihre Gurte gelöst und waren aufgestanden. Badih blickte sich scheu um.

Plötzlich reichte ihm ein Soldat einen Pullover und Wolfgang sagte:»Damit du nicht frierst, der Henning schenkt ihn dir.«

Erst da bemerkte Badih, dass sich eine Gänsehaut auf seinen Armen gebildet hatte. Der Soldat mit dem seltsamen Namen lächelte ihn an. Aber Badih war zu erschöpft, um zurückzulächeln. Also nickte er nur.

Wolfgang half ihm in den viel zu großen Pullover und schnallte ihn dann wieder fest. Jetzt fiel Badih auf, wie schwer sich sein Kopf anfühlte. Er kuschelte sich in den warmen Pullover, lehnte sich an und schloss für einen Moment die Augen.

Als Badih aus einem Traum erwachte, in dem Vögel und Flugzeuge, Abdul und Liah vorkamen, bemerkte er als Erstes das Brummen und Vibrieren. Wolfgang schnarchte neben ihm, nach vorn gesunken in seinem Gurt.

Der ältere Soldat auf der anderen Seite sah ihn aufmerksam an und lächelte. »Na, gut geschlafen?«, fragte er.

Badih nickte. Gab es wohl Vögel dort, wo sein Bruder war?

Marx und Robert im Vauban

R obert rief an. Er selbst, nicht seine Sekretärin oder so. Sie saß mit David beim Frühstück und löffelte ihr Müsli. Sie waren seit sechs Jahren ein Paar und sie kannte seine Macken. Daher verwunderte es sie nicht, dass er sie jetzt missbilligend über seine Brillengläser hinweg anstarrte.

Sophie zog entschuldigend die Schultern hoch, während sie nach dem Handy griff und gleichzeitig den Löffel am Rand der Schale ablegen wollte. David mochte es nicht, wenn sie den Löffel auf den Küchentisch legte. In letzter Zeit störte ihn eigentlich alles.

Obwohl das Display eine unbekannte Nummer aus Berlin zeigte, nahm sie ab – froh, der Frühstückssituation kurz entfliehen zu können.

»Hallo Sophie, hier ist Robert. Wir haben vor ein paar Wochen auf der Regionalkonferenz miteinander gesprochen.«

Sophie stieß mit dem Ellbogen gegen den Löffel, der natürlich auf den Tisch fiel, so schnell hatte sie sich aufgerichtet. Jetzt saß sie kerzengerade da. »Äh, klar, guten Morgen, Robert. Das ist ja eine Überraschung! Was gibt's?«

David verzog sein Gesicht und machte schmale Lippen, als er aufstand und nach nebenan ging. Sie hörte seinen Schreibtischstuhl knarzen.

Hatte Robert weitergeredet? »Das ist jetzt vielleicht unge-wöhnlich, einfach so anzurufen, ich hoffe, ich störe nicht.«

»Nein, nein, gar nicht. Was gibt's?« Sie hatte das bereits gefragt, oder? In Sophies Kopf rauschte es.

»Also, um es kurz zu machen: Ich möchte dir eine Stelle in meinem Team anbieten und ich würde mich freuen, wenn du dabei wärst.«

Sophie starrte aus dem Fenster. Darin spiegelte sich schwach eine junge, noch ungekämmte Frau mit offenem Mund. David würde es sicher nicht gefallen, wenn er sie so sah.

Robert fuhr fort. »Ich kenne dich jetzt schon ein paar Jahre, wir haben uns ja schon oft auf den Konferenzen getroffen und ich bin der Überzeugung, dass du gut zu uns ins Ministerium passen würdest. Wie du über die Energiewende gesprochen hast, wie du das kommuniziert hast, das hat mich beeindruckt. Du warst dir nie zu schade, provozierende und, wenn ich das so sagen darf, auch dumme Fragen von Skeptikern zu beantworten. Das hat mir gefallen. Von deinem Fachwissen jetzt mal ganz zu schweigen.

Ich kann dir das ja erzählen, ist ja kein Geheimnis, ich habe gestern kurz mit Winfried telefoniert, der schätzt dich auch sehr. Sachlich, fair und kompetent, so in etwa hat er dich beschrieben. Ich hätte dich gerne als Assistentin, wenn du dir das vorstellen könntest. Formal müsstest du noch eine Bewerbung einreichen, aber das ist nur pro forma. Ich würde mich wirklich freuen, wenn du ins Team kommst. Was sagst du?«

Sophie knibbelte an ihrer Socke, sie hockte jetzt mit einem angezogenen Bein auf ihrem Stuhl in ihrer Küche, draußen war Freiburg und es war kalt.

Sie konnte nicht verhindern, dass sie leise japste. Ob Robert an ihrer Stimme hören würde, wie sie von einem Ohr zum andern grinste?

»Oh man, ich meine, sorry. Ich weiß nicht, was ich sagen soll, das ist der Wahnsinn. Ich würde das sehr gerne machen.« Jetzt lachte sie wirklich.

Auch Robert lachte. »Kürzestes Bewerbungsgespräch der Geschichte.« Wieder lachte er. »Na, dann ist ja alles klar.«

»Ja, was soll ich sagen, wow! Vielen Dank, danke für die Chance. Aber jetzt muss ich doch noch mal kurz fragen, was da so meine Aufgaben wären. Und wann ich überhaupt anfangen soll und so.«

Robert lachte jetzt erneut. »Butter bei die Fische, was? Finde ich gut. Es gibt insgesamt drei Stellen, die ich besetzen kann. Ich würde gerne jedem oder jeder, die ich einstelle, eine Hauptaufgabe zuweisen. Dein Gebiet wäre die Energiewende. Deine Aufgaben kann ich noch gar nicht so genau umreißen. Stell dich mal darauf ein, dass du Presseanfragen beantworten musst, Material zusammenstellen, vielleicht auch mal Termine organisieren, Gesprächspartner einladen. Das ganze Programm eben. Mich zu Terminen begleiten, so was alles. Wenn es dir möglich ist, was ich hoffe, kannst du direkt zum 15.12. anfangen.«

Sophie atmete zischend aus.

»Ja, das ist sportlich, ich weiß. Keine Bange wegen einer Wohnung und so, da gibt es Unterbringungsmöglichkeiten, die über die Bundestagsverwaltung laufen. Wenn wir uns soweit einig wären, würde dich meine Sekretärin, das ist Hanne Conradi, am Montag anrufen und die weiteren Sachen mit dir besprechen.«

»Oh, okay. Ich habe eine Tante in Potsdam, bei der könnte ich bestimmt übergangsweise wohnen. Ich meine nur«, hörte sich Sophie sagen.

»Dann wird sich Hanne Montag bei dir melden. Wenn du keine Fragen mehr hast. Ich muss jetzt nämlich auch schon wieder los, ich hab' gleich noch einen Termin mit Christian und Volker.«

»Ach so, nee, ich hab im Moment keine Fragen mehr. Danke für die Chance.«

»Jo, da nich für. Schönes Wochenende und Tschüss.«

»Ja, Tschüss und Gruß an die Anderen.«

Sophie starrte ihr Handy an. *Gruß an die Anderen.* Hatte sie wirklich gerade dem Wirtschaftsminister aufgetragen, zwei andere Minister zu grüßen? »Ich glaube, du spinnst, Sophie«, sagte sie zu sich selbst.

Sie legte das Handy beiseite, entspannte das eingeschlafene Bein und stand wacklig auf. Um den Löffel hatte sich mittlerweile ein Milchfleck auf dem Tisch gebildet. Sie sah sich um, zupfte am eingelaufenen Shirt, es passte ihr nicht mehr.

Dann streckte sie ihren Kopf zu David hinein. Er saß – die Kaffeeschale wie immer in beiden Händen – über einem Buch. Wahrscheinlich irgendein Philosoph, über den er sich dann in ein paar Stunden auskotzen würde. Er hob den Kopf, drehte sich auf dem Bürostuhl vom Flohmarkt zu ihr und fixierte sie hinter dem schwarzen Brillengestell.

Sophie schoss durch den Kopf, wie sie sich kennengelernt hatten. Wie schüchtern er damals gelächelt hatte, als sie ihn im Uni-Café ansprach. Und wie sich ihre Beziehung mittlerweile verändert hatte. David war immer, sie suchte nach einem Wort, starrer geworden.

Und seit der Demo fraß er sowieso alles in sich rein.

»Du hast eine Tante in Potsdam? Wusste ich gar nicht. Warum solltest du da wohnen? Kannst du bei einem Projekt dieser Umweltorganisation mitarbeiten?«

David feuerte seine Fragen schnell wie Pfeile ab.

»Du hast mein Telefonat belauscht.« Es war keine Frage.

Sie starrte die vollgestopften Ikea-Regale, Bücher, Ordner, die kleine Karl-Marx-Figur hinter ihm an. Sie hatte schon immer gewusst, dass David eher ein Theoretiker war. Er lebte in Theorien, wie die Welt zu sein hatte.

Sie lebte in der Welt, die es da draußen gab. Bisher dachte sie, deswegen seien sie beide ein perfektes Team. Aber seit einiger Zeit, zwischen Ehrenamt bei den Grünen, der Teilzeitstelle beim Umweltbund und dem Nebenjob an der Kasse, war sie sich nicht mehr so sicher.

Irgendwie schienen sich ihre Welten immer weniger miteinander vereinbaren zu lassen. Sophie hatte für ihre zwei Masterabschlüsse auch ein ordentliches Lesepensum gehabt und achtete auf ihren Fußabdruck, doch mit David schien sie nie mithalten zu können.

Er zelebrierte das Lesen seiner abonnierten Zeitungen, kommentierte verächtlich jede Meldung im heute journal. Mittlerweile lebte er streng vegan und kaufte beinahe nur im teuren Biomarkt ein, obwohl er sich das eigentlich nicht leisten konnte. Er verachtete seine spießigen Nachbarn. »Kleine Leute«, sagte er, wenn sie das ältere Ehepaar im Treppenhaus trafen, und Sophie grüßte immer extra freundlich, weil sie dabei an ihre Eltern dachte.

»Und wer ist Robert?« David starrte sie an. Von schlechtem Gewissen keine Spur.

»Das war Robert von den Grünen. Du weißt schon, der ist jetzt ja in Berlin. Ich hatte dir doch erzählt, dass ich mich auf der Regionalkonferenz mit ihm unterhalten habe. Er hat mir eine Stelle angeboten.«

Davids Auge zuckte.

War er überrascht, dass ihr etwas gelang? »Du kannst dich ruhig für mich freuen.«

»Aha. Du redest jetzt aber nicht vom neuen Wirtschaftsminister, oder?«

»Doch, genau der. Er hat mir jetzt eine Stelle in seinem Team angeboten.« Ihr Ton war trotzig. Warum sollte immer nur sie den Frieden wahren?

David hatte sich in den letzten Monaten verändert. War oft gereizt, launisch, hatte Termine, von denen er nichts erzählte. Seit der Demonstration war das so. Freunde, die dabei waren, wussten nichts Genaues. Sie selbst war an dem Wochenende bei ihrer Familie gewesen. Aber irgendwas musste vorgefallen sein.

David nahm einen Schluck aus seiner Tasse. »Und das heißt was? Wie lange geht so ein Projekt?«

»Es ist kein Projekt. Er hat mir eine Stelle angeboten als Assistentin oder Referentin, keine Ahnung, wie das offiziell heißt. Jedenfalls soll ich am 15.12. anfangen. Morgen ruft mich seine Sekretärin wegen der Formalitäten an. Ich kann nach Berlin gehen, David.«

Die Schale klirrte, als David sie auf dem Schreibtisch abstellte. Seine Stirn legte sich in Falten und seine Stimme zitterte. »Das kannst du nicht! Was ist mit uns?«

Sophie zögerte. Als sie einen Schritt auf ihn zumachte und ihm die Hand auf die Schulter legen wollte, wich er zurück.

Sie ließ den Arm sinken. »Ich kenne dich gar nicht mehr. David, wir haben uns schon seit einer Weile voneinander entfernt, merkst du das nicht? Du hast dich verändert. Ich weiß nicht, was bei dieser Demo vorgefallen ist oder was dir passiert ist, aber seither bist du anders. Du bist verschlossener als früher.«

David verschränkte seine Arme. »Ach, jetzt bin ich schuld, oder was? Berlin ist doch gar nichts für dich. Bist du sicher, dass du das packst?«

Sophie atmete hörbar aus. »Merkst du eigentlich, dass du mich mit solchen Aussagen beleidigst? Du traust mir nichts zu! Und so bist du nicht nur zu mir, du sagst sowas andauernd auch über die anderen.«

David schien ihr nicht zuzuhören. »Ich meine, du denkst doch eher im kleinen Maßstab, regional und so. Das ist doch nichts für dich, das ganz große Rad.«

»Ich denke also im kleinen Maßstab, danke dafür. Die Nachbarn sind »kleine Leute«. Fällt dir auf, dass du jeden um dich rum kleinmachen musst? Im Grunde verachtest du doch alle. Und seit ich an der Kasse sitze, hast du mich auch abgeschrieben.« Ihre Stimme war lauter geworden und sie wunderte sich, wie viel Wut sich in ihr aufgestaut hatte.

»Du weißt, dass ich meine Überzeugungen habe«, sagte er knapp.

»Ja, David, aber deine Überzeugungen füllen hier nicht den Kühlschrank. Es ist mein Geld, das ich beim Verband und beim REWE verdiene, mit dem du deine superteure Hafermilch bezahlst.«

David schnaufte. »Ach, so siehst du das. Jetzt rechnest du auf, oder was?«

»Ich kann nichts dafür, dass du mit deinem Studium nicht fertig wirst. Manchmal hab ich das Gefühl, du willst gar nicht fertig werden. Dann müsstest du nämlich raus aus deinem Elfenbeinturm und ins echte Leben. Dann müsstest du arbeiten und dich mit Leuten auseinandersetzen, die anderer Meinung sind als du. Ich finde meine Jobs auch nicht immer toll, aber ich tu wenigstens was. Woher willst du in deinem Studierzimmer denn wissen, dass das in Berlin nichts für mich ist?«

Er antwortete nicht direkt. »Und was ist mit uns? Ist dir unsere Beziehung egal?« Er flehte jetzt beinah, während er ihr direkt in die Augen sah.

»David, was soll ich sagen. Ich weiß, dass du es mit deinem Vater nicht immer leicht hattest und alles. Aber ich mag das nicht mehr.«

Plötzlich musste Sophie wieder an ihre Eltern denken. »Kleine Leute«, wie David sagen würde. Gute, normale Eltern, mit denen sie sich gefetzt hatte, als sie sich mit 16 die Haare schwarz gefärbt hatte und unbedingt zerrissene T-Shirts tragen wollte. Eltern, die sie, obwohl es bei ihnen selbst knapp war, im Studium unterstützt hatten, die sie ermutigten, das zu studieren, was ihr Freude machte. Die stolz sind auf eine Tochter mit zwei Abschlüssen, auch wenn sie bisher noch keinen richtigen Job hatte.

»Als ich meinen Master hatte, du hast mir nicht mal gratuliert. Alle fanden das komisch, aber du sagtest, Lob sei nur *Klein-Klein*.« Sie warf die Hände in die Luft.

»Aber Sophie, ich will doch nicht ...« Er brach ab.

»Was willst du nicht? Mir weh tun? Hast du aber, David. Ich will das nicht mehr.«

»Aber ich lieb …«

»Nein, David.« Sophie fiel ihm ins Wort. Sie schüttelte energisch den Kopf und war von ihrer Härte überrascht.

»Es mag sein, dass ich nicht so klug und nicht so politisch bin wie du. Weißt du was: ich bin aber gut genug für mich. Und deshalb ist es aus.«

Sie hatte es gesagt. Sophie atmete tief durch.

»Ja, vielleicht denkst du, dass du mich liebst«, fügte sie hinzu und schaffte es, ihre Stimme wieder unter Kontrolle zu bringen.

»Vielleicht liebst du aber auch nur in der Theorie. Tut mir leid, aber ich werde nach Berlin gehen. Und jetzt fahr ich erst mal zu meinen Eltern.«

Damit drehte sie sich um, lief ins Schlafzimmer, um sich anzuziehen und zu packen. In ihrem Kopf drehte sich alles. Als sie ihre Jeans anzog, spürte sie, wie ihr Tränen übers Gesicht liefen. Ob es Tränen der Trauer oder der Erleichterung waren, wusste sie nicht.

Ob sie noch Umzugskartons im Keller hatten?

»Ich geh nach Berlin«, dachte sie, als sie mit dem Kellerschlüssel in der Hand nach unten lief, vorbei an den Wohnungen der Nachbarn, dem alten Ehepaar und den anderen »kleinen Leuten« und der Gedanke ließ sie lächeln. Mit dem Handrücken wischte sie die Tränen fort.

Landstraße nach Kiew

Getrennt durch die kühle Fensterscheibe legt er ein letztes Mal seine Hand auf ihre. Als der Zug das Gesichtchen davongetragen hat, wischt dieser Mann sich die Tränen aus den Augenwinkeln und macht sich auf den Weg zurück in die Stadt.

Nur wenige Straßen vom Bahnhof empfängt ein provisorisches Rekrutierungsbüro alle Freiwilligen. Dort, wo man sich noch vor einer Woche lächelnd mit Floskeln begrüßt hatte und bewaffnet mit Papieren und Laptop in die Meeingräume strebte, warten jetzt Männer in einer Schlange vor dem Gebäude, die ihre Anzüge abgelegt haben. Schrittweise geht es voran, auf der Straße liegt Schutt. In einem anderen Leben könnte man die Szenerie für den Drehort eines Hollywood-Films halten.

»Und du?«

»Ich auch, ja, ich will auch kämpfen.«

»Wie heißt du?«

»Ich heiße Oleksandr, aus Desna.«

»Olek, was kannst du denn?«

»Ich kann schießen, mein Vater hat immer gejagt. Ich weiß, wie man mit einem Gewehr umgeht.«

»Ah, das ist gut. Hier musst du unterschreiben.«

Dieser Mann, der Oleksandr heißt und eine kleine Tochter hat, die mit der Oma in einem Zug sitzt, der Richtung Polen fährt, unterschreibt auf einer provisorischen Liste. Beschlossen über Nacht – mangels Alternativen.

»Olek, geh zu den anderen in den Hof, da wartet ein Bus, der bringt euch aus der Stadt raus zu unseren Stellungen.«

»Ja, danke.«

Dieser Mann, der seine Tochter schon jetzt vermisst, die in einem Zug Richtung Westen sitzt und weint, geht mit den anderen zusammen in den Hof. Ringsherum sieht Oleksandr einige Bänke und einzelne bunte Stühle, es gibt ein paar kleine Bäume, die von Zukunft flüstern. Surreal wirkt der Anblick, weil hier heute tarngrüne Kisten aufgestapelt stehen. Soldaten laufen dazwischen hin und her, ein Bus der städtischen Verkehrsbetriebe steht vor der Ausfahrt.

Wie die Endstation wohl aussehen mag, fragt Olek sich.

Ein schmaler Mann in Uniform winkt sie heran. Vielleicht hat er in einem früheren Leben Essen ausgegeben oder in einer Metzgerei gearbeitet. Oder war Buchhalter hier in den Büros. Heute stehen Kisten vor ihm auf dem Boden, darin Gewehre. Wie in einer Kantine das Essen, händigt er jedem eine Waffe aus, dazu zwei Schachteln Munition. Auch diesem Mann aus Desna, in dem die Angst wie ein Tier an einem Baum hochkriecht.

Im Bus sitzt er neben Artem, der Lehrer in Pechersk war. Seine Hände halten keine Kreide mehr, sondern den Lauf eines Gewehrs. Oleksandr weiß, wie er sich fühlt. Sein Job bei einer Versicherung wirkt für ihn heute wie ein Traum.

»In Friedenszeiten«, sagen sie.

Sie lachen ein kehliges Lachen mit ernsten Augen, sie hören sich an wie ihre Großeltern, wenn sie über den Weltkrieg sprachen.

Der Bus fährt an, durch die Einfahrt auf die breite Straße, vor ihnen ein Geländewagen der Armee.

Immer weiter, aus der Stadt hinaus. In den Außenbezirken ganze Straßenzüge, ganze Viertel zerstört. Kein Stein mehr auf dem anderen. Häuser mit rußgeschwärzten Mauern und zerborstenen Scheiben und ausgebrannte Autos. Im Bus wird es still. Artem und dieser Mann, der Oleksandr heißt, sitzen da wie erstarrt. Als sie an einem Checkpoint der Armee vorbeikommen, blickt nur kurz ein älterer Soldat hinein, winkt sie weiter.

Auf der Landstraße begegnen ihnen überall Verwüstungen. Kaputte Autos, verbrannte Scheunen und Bäume, Bombenkrater. Und Menschen. Oleksandr, der Versicherungsangestellte aus Kiew, hat außer seiner Frau noch nie einen toten Menschen gesehen. Denise sah damals friedlich aus. Schön und sehr still. In einem sauberen, kleinen Raum hatte er sie gesehen, mit dem kleinen Bündel Mensch auf seinem Arm. Nun kann er den Blick nicht von einem Fahrradfahrer abwenden. Zerstört liegt der Körper da, halb verbrannt, Fetzen einer roten Jacke, ein zerrisener Schuh, der Fahrradhelm gespalten. Hier ist nichts friedlich, hell und sauber. Oleksandr und Artem schweigen. Sie fahren und fahren.

Nach Stunden heißt es aussteigen, sie erreichen ihren Stützpunkt. Alle Männer aus dem Bus treten an, die Gewehre in der Hand, in Jeans, T-Shirts, Pullovern, die Päckchen mit Munition in den mitgebrachten Taschen und Rucksäcken, auf einem steht *Happy Holiday*. Sie sehen nicht wie Soldaten aus, sondern wie Lehrer und Versicherungsangestellte, wie ängstliche Männer. Und doch stehen sie hier.

Drei Soldaten warten auf sie. Einer von ihnen heißt Bohdan. Jeder kennt ihn und sein ansteckendes Lachen, seine Show, in der er mit Prominenten redet, sie mit Einspielern ein bisschen veräppelt. Jetzt ist er Offizier. Geduckt steht er da und erklärt den Lehrern und Versicherungsangestellten, den Schreinern und Müllmännern, was sie hier tun sollen. Diese Stellung verteidigt die Einfallstraße von Osten nach Kiew, die Zivilisten sollen die Armee verstärken.

»Ihr seid jetzt Soldaten in der Freiwilligenarmee. Slawa Ukraini!«, sagt Bohdan. Man verteilt sie wie Kiesel im Gelände. Artem und Oleksandr, die sich in einem anderen Leben nie kennengelernt hätten, bleiben zusammen. Sie werden einem Trupp von acht Soldaten zugeteilt, die eine Panzerabwehrstellung an einem Wäldchen stellen. Man begrüßt sie, bietet ihnen etwas zu essen an. Die Soldaten reden nicht viel, aber die wenigen Worte, die ihnen bleiben, sind freundlich. Ein junger Soldat erklärt ihnen, wo sie sich mit ihren Gewehren hinlegen und worauf sie achten sollen.

»Russen schicken immer Späher, einzelne Leute. Auf die müsst ihr achten. Manchmal kommen die auch auf dem Fahrrad, egal. Wir rufen auf Ukrainisch, nicht auf Russisch. ›Stehenbleiben‹, ›Hände hoch‹ und so. Wenn uns was verdächtig vorkommt oder einer eine Granate werfen oder schießen will, erschießen wir sie.«

Dann geht er davon, ein Stück weiter wirft er sich neben einem Kameraden auf den Boden. Artem und Oleksandr sehen sich an. So einfach ist das also. Dann erschießen wir sie.

Oder doch nicht. Denn in diesem Mann, der Oleksandr heißt, dessen weinende Tochter im Zug sitzt, tobt die Angst wie eine Wildkatze im Käfig, die sein Vater früher fing. Was ist, wenn sie die falschen Leute erschießen? Ergeben sich Russen einfach so? Auch Artem weiß es nicht.

Sie liegen da in der kleinen Senke nahe der Straße, zum Glück hat Oleksandr über den Pullover noch den dicken Parka gezogen, als er seine Tochter mit der Großmutter zum Bahnhof brachte.

»Mein Auto steht noch in der Nähe des Bahnhofs, ich habe es einfach vergessen«, sagt Oleksandr.

Artem reicht ihm einen Kaugummi herüber.

»Es ist mir eben erst wieder eingefallen. Mein Auto steht in Kiew am Bahnhof.«

Wie konnte er das vergessen, denkt er.

»Was für ein Auto hast du?«, fragt Artem.

»Einen Renault Clio.«

»Schönes Auto«, sagt Artem und kaut.

»Den werden sie auch zerstören«, sagt Oleksandr.

»Besser dein Auto als uns.«

Oleksandr nickt, aber er ärgert sich doch. Der Wagen war erst drei Jahre alt und er hatte lange dafür gespart.

»Bist du verheiratet?«, fragt Artem dann.

Oleks Augen werden glasig.

»Denise ist bei der Geburt unserer Tochter gestorben.«

Artem legt ihm die Hand auf den Arm.

Wie das Kameraden so tun, denkt Olek. Mit dem Kopf deutet er in Richtung Straße. Da kommen zwei Männer in Uniform, jeder hält ein Gewehr in der Hand. Keine von ihnen, so viel erkennt Oleksandr.

Der Lehrer aus Pechersk und der Versicherungsangestellte aus Desna laden ihre Gewehre durch und legen an. Auf ihrer Seite ruft der junge Soldat, der sie eingewiesen hat: »Stehenbleiben« und »Hände hoch«.

Die Fremden bleiben stehen.

Wieder ruft der Junge:

»Wir haben euch im Visier. Legt eure Gewehre auf den Boden und tretet zehn Schritte zurück. Und Hände hoch, sonst erschießen wir euch.«

Die fremden Soldaten scheinen erschrocken, abgebrüht wirken sie nicht. Sie reden jetzt leise miteinander, dann nehmen sie die Gewehre ab, legen sie auf die Straße und gehen zurück. Mit erhobenen Händen stehen sie da und sehen verloren aus. Oleksandr atmet auf.

»Wie in einem Film russischer Surrealisten«, denkt Artem, als ein Schuss fällt, dann weitere, immer mehr. Auch Oleksandr schießt. Gebrüll, sogar der Einschlag einer Granate ist zu hören.

Artem schießt nicht, er kann nicht. Wie erstarrt duckt er sich weiter in die Senke, bleibt einfach liegen, vergisst zu atmen, umklammert das Gewehr. Erde drückt sich in sein Gesicht.

Nach einer Weile wird es still, dann hört er auch wieder den jungen Soldaten.

»Alles klar?« Niemand antwortet.

»Bleibt liegen, wir gehen nachsehen. Da waren Scharfschützen hinten, die haben ihre eigenen Leute abgeknallt.«

Artem schaut vorsichtig über den Rand der Senke. Er sieht, wie ihr Kamerad mit zwei anderen über die Wiese läuft. Jetzt stehen sie dort, wo eben noch die beiden Russen auf der

Straße standen. Ihre Körper liegen auf dem Asphalt. Der junge Soldat dreht sich zu seinen Leuten um und streicht mit einer ruckartigen Geste quer über seinen Hals. Dabei ruft er: »Von hinten!«

Artem zittert jetzt unkontrolliert, sein Blut pocht unter der Schädeldecke, sein Gesicht brennt. Neben ihm ist es still. Zu still. Er sieht zu dem Mann hinüber, dessen Tochter im Zug nach Westen sitzt und dessen Auto am Bahnhof in Kiew auf ihn wartet. Ruhig liegt er da, in der Senke an der Landstraße nach Kiew.

Artem sieht alles, nur nicht den Parka und den kleinen Rucksack und die Handschuhe, die der Mann aus Desna neben sich gelegt hat, und das Kaugummipapier im Gras.

Nur das Einschussloch und das viele Blut kann er sehen. Hier, an der Landstraße nach Kiew.

Eine Art Epilog:
Demnächst mal wieder
(leben)

Sie geht noch einmal durch die Räume. Ihr Zuhause ganz kalt. Die warme Oktobersonne scheint durch die Fenster in leere Zimmer. Die Wärme erreicht sie nicht.

Sie spürt der Zärtlichkeit nach, wenn er beim Einschlafen seinen Arm um sie legte. Sie fühlt noch einmal die Geborgenheit, wenn sie abends nebeneinander auf dem blauen Sofa saßen und den Tag ausklingen ließen. Sie empfindet ein letztes Mal das freudige Herzklopfen, wenn er nach der Arbeit zur Tür hereinkam.

Mit dem feuchten Lappen nimmt sie die letzte Staubflocke vom Boden auf, wischt nochmals über den glänzenden Dunstabzug und über die Arbeitsplatte, auf der er den Teig für seinen Hefezopf knetete. Wie kalt sie sich anfühlt. Den Lappen legt sie in den allerletzten Müllsack zu den anderen letzten Dingen. Ein Fetzen Papier, der unter die Fußleiste geraten war, verborgen unter der Heizung ein Bodenschoner aus Filz. Ein vergessenes Paar Socken im Einbauschrank, bunte Dingelchen aus dem Zimmer des Sohnes.

Im Flur bleibt sie stehen, sieht einmal zurück, der vertraute Blick durch die breite Fensterfront, wie eine Ertrinkende saugt sie dieses Bild ein. Sie hat vergessen, wie man atmet. Im hellen Treppenhaus bekommt sie trotz der Wärme eine Gänsehaut, sie streift die Schuhe über. Ihr Nachbar Felix, der Arzt, muss daheim sein, seine ausgetretenen Sneaker stehen auf seiner Fußmatte. Klingeln, um sich zu verabschieden? »Wahrscheinlich schläft er«, denkt sie.

Ihr Schlüssel dreht sich leicht im Schloss, auch diese beiden sind miteinander vertraut geworden, jetzt drehen sie sich umeinander zum letzten Mal. Die zwei Treppen hinab, ihre Füße schwer wie Blei. Von Jochen, dem Buchhändler im Erdgeschoss, hat sie sich vor ein paar Tagen schon verabschiedet. Sie werden sich in der Buchhandlung wiedertreffen. Durch die Haustür verlässt sie ihr Heim.

Mit zitternden Händen wirft die Frau den kleinen Müllsack in den Container und den Schlüssel in den Briefkasten.

Dann geht sie davon, in die neue Wohnung, den anderen Stadtteil. Sie dreht sich nicht um.

»Aber mein Herz«, denkt sie, »mein Herz bleibt hier.«

Dank

Vielen Dank, dass Sie mein Buch gelesen haben. Sie halten die Arbeit dreier Jahre in Händen. Manche Erzählungen sind bereits 2020 entstanden und blieben unbeachtet, bis sich in 2021 eine erste Idee für einen Erzählungsband entwickelte.

Ich weiß, die Erzählungen haben ein offenes Ende, manche Figuren bleiben bis zuletzt sperrig. So hat es sich mir dargestellt beim Schreiben. Die Zeit ist offen, die Zukunft sperrt sich. Wir rechnen mit dem Schlimmsten und hoffen das Beste. Wir kennen uns aus bis zum nächsten Moment, darüber hinaus wissen wir nichts. Gibt es Hoffnung? Ich weiß es nicht. Wie so oft beim Schreiben haben sich manche Figuren in eine andere Richtung entwickelt und sich meiner ursprünglichen Idee entzogen. Wie sie ihr Leben fortsetzen, weiß ich heute noch nicht. Wenn sie bei mir anklopfen und bereit sind, ihre Geschichten weiterzuerzählen, werde ich sie aufschreiben (oder auch nicht, das ist immer noch das Privileg der Autorin). Bis dahin sind andere Texte an der Reihe.

Mein besonderer Dank geht an großartige Frauen: allen vorweg an die Autorin Jutta Weber-Bock, die mit ihrer fortwährenden Ermutigung, Einflussnahme, Tipps und Ratschlägen und ihrer Hingabe an das Schreiben maßgeblich zum Gelingen dieses Buches beigetragen hat. Mein Dank gilt auch Illa – für alles! Bei Ina bedanke ich mich für ihr Vertrauen und ihren subtilen Humor. Dank an Babette für ihre geradlinige und immer hervorragende Kritik. Dank an Katja für ihre berührenden Texte und ihren Beistand. Diese schreibenden Frauen haben mit ihren Rückmeldungen, ihren Ideen und ihrer Freundschaft zum Gelingen dieses Buches beigetragen.

Mein Dank geht an Prof. Markus A. Rose, M.P.H. vom Klinikum Stuttgart und Ilona Bonn von der Stabstelle Öffentlichkeitsarbeit des Polizeipräsidiums Stuttgart, die mir bei meiner Recherche geholfen und bereitwillig meine Fragen beantwortet haben. Etwaige Fehler gehen allein auf meinen Deckel.

Schließlich bedanke ich mich herzlich bei Gisela Blattert – wer wäre ich ohne sie?!

Und ein großes Danke an Britta und Bert für's Zuhören, sowie nicht zuletzt an meine Söhne, die zugleich Lehrmeister, fordernde Diskussionspartner und mein großes Glück sind.

Ganz besonderer Dank gilt außerdem meiner Lektorin Caroline Baumer für ihr Gespür für den Text und ihre großartige Arbeit.

Geschrieben wurde das Buch in Stuttgart, an der Nordseeküste und im Oytal.

Bleibt und bleiben Sie offen und hoffnungsvoll.

Herzlichst
Eure/Ihre Monika Rapka

fährmann • feine • fritzsching
jacoby • rapka • runkel • schöll

dem vogel
geht es
gar nicht gut

Anthologie

Die Anthologie *dem vogel geht es gar nicht gut* lotet die Höhen und Tiefen des Lebens aus. Sie erzählt von leisen Tönen, komischen Beobachtungen, einschneidenden Ereignissen und den Jahreszeiten; von der Wärme des Sommers, dem Zusammenleben mit Trampeltier, der Bedeutsamkeit eines Schlüsselbundes und dem Fehlen eines Puzzleteils. Sie wagt den Blick zurück in die vergangenen Tage und darüber hinaus, schaut auf die Menschen und ihre Geschichten, die berühren, einen nachdenklich zurücklassen oder mit einem Lächeln auf dem Gesicht.

Frei in der Form, ob Gedicht oder Geschichte, entstanden die Texte in den letzten Jahren, inspiriert durch Schreibwerkstätten und darüber hinaus in vielen gemeinsamen Treffen oder ganz allein am eigenen Schreibtisch.

Bestellbar in jeder Buchhandlung, online bei der Autorenwelt, BoD und den gängigen Portalen.

Buch: ISBN 978-3-7583-6693-2
E-Book: ISBN 978-3-7583-4772-6